# Os PARADIGMAS DE AMY

# Os Paradigmas de Amy

Alexia Road

PandorgA
NACIONAL

**Direção Editorial**
Silvia Vasconcelos

**Produção Editorial**
Equipe Editora Pandorga

**Preparação**
Márcio Barbosa

**Revisão**
Fabricia Carpinelli

**Diagramação**
Abreu's System

**Composição de capa**
Renato Klisman

Texto de acordo com as normas do Novo Acordo Ortográfico da Língua Portuguesa
(Decreto Legislativo nº 54, de 1995)

Dados Internacionais de Catalogação na Publicação (CIP)
Ficha elaborada por: Tereza Cristina Barros - CRB-8/7410

---

Road, Alexia
Os paradigmas de Amy / Alexia Road - 1.ed. - São Paulo: PandorgA, 2016.
96 p.; 14 x 21 cm.

ISBN 978-85-8442-170-1

1. Romance brasileiro. I. Titulo.

15.09/032-2016 CDD-869.93

---

2016
IMPRESSO NO BRASIL
PRINTED IN BRAZIL
DIREITOS CEDIDOS PARA ESTA EDIÇÃO À
EDITORA PANDORGA
RODOVIA RAPOSO TAVARES, KM 22.
CEP: 06709-015 - LAGEADINHO - COTIA - SP
TEL. (11) 4612-6404

**WWW.EDITORAPANDORGA.COM.BR**

*Dedicado à minha avó, Jane,*
*por ser a minha primeira inspiração.*

# Capítulo 1

12 DE JANEIRO DE 2006

Todo mundo passa por momentos de desespero na vida. Eu mesma já havia experimentado várias situações desesperadoras e consegui superá-las. Porém, não dessa vez. Eu não estava desesperada, nem confusa. Estava perdida.

Não havia nada sobre o meu futuro que, de fato, poderia afirmar que aconteceria. Na verdade, nem sobre o próximo dia.

Uma cidade pacata, um namoro que rapidamente evoluiu para um matrimônio... Mark parecia um príncipe, respeitador e atencioso durante três meses de relacionamento... Mas eu não era boba, ele ainda era um estranho para mim. Me via em uma situação inesperada, sem saber o que deveria fazer ou não. Ou, até mesmo, quem deveria ser.

Eu estava tomada pelo medo, medo de mexer um dedo, ser repreendida e tudo estar perdido. Estava ali pela minha família, sabia que eu era a única que poderia salvar todos nós. Sabia que, sacrificando os meus sonhos, desejos e a minha vida, tudo se resolveria.

Ri dos meus pensamentos confusos e percebi que era só uma tentativa de me acalmar. Ou de fazer com que a resposta de como prosseguir aparecesse magicamente.

Infelizmente, não estava funcionando. E eu não tinha escolha a não ser enfrentar a minha realidade e rezar para ser feliz.

## 12 DE JANEIRO DE 2012

O escuro do quarto me conduzia a uma sensação de paz. O silêncio me permitia pensar em mil coisas ao mesmo tempo.

O que eu estava fazendo da minha vida, afinal? Estava submetendo-me a coisas que desapreciava totalmente e ainda não tolerava. Estava presa em um inferno.

Na maioria das vezes, sentia-me no século passado, em que a mulher era obrigada a casar com o homem que sua família escolhia, a mostrar à sociedade que tudo estava perfeito em sua vida, quando, na verdade, tudo que ela tinha dentro de si era raiva e desejo de ser livre.

É o que sempre desejei durante anos: liberdade e felicidade.

Em 14 de janeiro de 2006, aos dezoito anos, me vi em cima de um altar, casando-me com um homem que mal conhecia. Meu pai sorria satisfeito e minha mãe possuía olheiras de tanto chorar na noite anterior, por me ver naquela situação.

Naquela época, eu não entendia por que minha mãe repudiava tanto a ideia do meu casamento; eu achava que estava fazendo o certo por mim e pela minha família. Aprendi a me adaptar a tudo. A lidar com o homem difícil com quem me casei. A suportar seus insultos, ataques e a infelicidade.

Aos dezenove anos, eu estava grávida de Thomas, o bebê mais adorável que já vi em toda a minha vida. A alegria foi geral. Um herdeiro! Porém, para mim, a comemoração no dia 18 de junho de 2007 não foi por simples questões financeiras. Eu acabara de ganhar o maior companheiro que podia imaginar. Não havia nada como a presença do meu filho para me alegrar.

E hoje, com meus vinte e quatro anos, estou ciente de minha situação deplorável.

Meu pai insiste que sou obrigada a lidar com isso; preciso ser uma boa esposa e nunca deixar que meu marido se canse de mim. Afinal, o que eu tenho? Sou proibida de trabalhar.

Minha mãe tenta me ajudar... Mas, no fim, somos duas mulheres nas mãos de dois machistas, o que não é tão raro onde moro. Brewster é uma cidade pequena no Kansas, as fofocas chegam rápido e tradições são mantidas.

Naquela época, pouco antes do casamento, estávamos arruinados, e eu namorando o maior herdeiro da cidade. Fazemos coisas estúpidas no ensino médio, e minha posição não foi diferente da maioria: fiz escolhas erradas. Deixei-me ser iludida por falsas promessas.

A família de Mark sempre foi muito rica, possuía terras e terras, e logo eu fui a cobaia para trazer riqueza à nossa família. Ele era o namorado perfeito, me tratava bem, tinha boas condições financeiras e um bom nome na cidade. Para o meu pai, não importava que eu só o conhecia há um par de meses. Ele era a nossa salvação. Não ser capaz de aceitar os sacrifícios pela minha família não era uma opção. Segundo o meu pai, se a família não viesse em primeiro lugar, então, bem, eu não poderia mais fazer parte dela.

Eu estava condenada. Precisava aguentar tudo até o fim da minha vida. Divórcios não eram bem aceitos ali.

— Mamãe...

O sussurro doce de Thomas arrancou-me de meus pensamentos.

A luz fraca do abajur se refletia em seu rostinho meigo. Os cabelos loiros e lisos caíam por cima dos olhos verdes intensos, iguais aos meus.

— Oi, príncipe — sussurrei.

— Eu tive um sonho... — Thomas se mexeu na cama e virou-se para me olhar. Ficamos com os rostos quase colados, já que eu estava espremida em sua cama infantil.

— E sobre o que era esse sonho? — perguntei docemente.

— Tinha uma menininha... Era parecida com você.

— Uma menina? — ergui a sobrancelha em confusão.

Thomas não era de ter sonhos e muito menos com garotas, ele estava na fase de "garotas são nojentas, mãe! Menos você".

— É. Muito parecida com você — sussurrou.

Sua pequena mão acariciou minha bochecha e limpou uma lágrima que eu nem havia percebido que escorrera.

Thomas não parecia uma criança de cinco anos comum. Ele sempre se esforçou mais que os outros para que, assim, esperançosamente, ganhasse a aprovação do pai.

— Parecida comigo? — Fiz uma careta exagerada. — Que azar!

Thomas soltou uma gargalhada gostosa, que me fez rir também.

— Era bonita como você, mamãe.

Olhei para ele e fitei seus olhos verdes inocentes.

Meu filho era a pessoa mais doce que eu conhecia e a única cujos elogios eu me sentia realmente confortável em aceitar. Na verdade, ele era o único em minha vida a fazê-los.

— Obrigada, meu príncipe. O senhor não deveria estar dormindo? — falei, fazendo cara feia.

Ele encolheu os ombros, como quem pede desculpas, e acabou rindo.

Observei sua expressão bem desperta e suspirei, ele não dormiria tão cedo.

— Reze para seu pai não te pegar acordado.

Levantei-me da cama e acendi a luz, peguei um quebra-cabeça de nível difícil — os preferidos de Thomas — e espalhei tudo no chão.

— Vamos gastar neurônios para ver se cansa — disse, brincalhona.

Ele pulou da cama animado e juntos começamos a montar o quebra-cabeça, em meio a risos e brincadeiras.

— Não, mãe... Olha, é essa aqui. — Thomas me estendeu uma peça, que se encaixava perfeitamente no pedaço que eu estava montando. Rolou os olhos pra mim e eu ri. Ele era melhor do que eu.

Metade do quebra-cabeça estava montado e o relógio de cabeceira marcava meia-noite.

Se Mark chegasse e o visse acordado, nós dois estaríamos encrencados.

— Muito bem, garotão, hora de dormir.

— Mas, mamãe, é a última semana de aula! — exclamou.

— Eu sei. E você não irá faltar — avisei.

Ele me olhou e cruzou os braços, com uma expressão contrariada.

— Príncipe, você terá as férias todas para ficar em casa.

— É, mas todo mundo fica dizendo que o mundo vai acabar... O que adianta ir para a escola?

Eu não sabia se deveria rir ou me manter firme. Thomas sempre tinha uma resposta na ponta da língua.

— Querido, o mundo não vai acabar. E mesmo se isso acontecesse, você iria à escola até o último dia — esclareci.

Segurei um sorriso quando ele bufou, mal-humorado.

— Tá — resmungou.

O barulho de uma porta batendo soou pela casa, os vidros tremeram em protesto e passos se aproximaram de onde estávamos.

— Ora, o que temos aqui? — A voz de Mark me fez pular de susto e ficar irritada quase automaticamente. — O que o moleque está fazendo acordado ainda?

Thomas ergueu os olhos para mim em um pedido silencioso de desculpas e segurou minha mão enquanto levantava.

— Ele já vai dormir, Mark — respondi secamente.

— Eu deveria dar uma surra nos dois por não saberem obedecer.

Ele resmungou e saiu, indo para o fim do corredor, onde ficava o nosso quarto.

Ajeitei Thomas na cama e acariciei suas bochechas lisinhas e branquinhas.

— Desculpa, mamãe — ele sussurrou e subitamente me abraçou forte.

— Está tudo bem, meu amor — sussurrei de volta e acariciei seu cabelo loirinho. — Boa noite.

Beijei sua testa e saí do quarto respirando fundo, segurando as lágrimas que ameaçavam escorrer.

Não era certo sermos tratados assim. Meu filho não merecia isso.

Entrei no quarto já mais recomposta e me preparando psicologicamente para o que ia escutar.

— Vejamos se não é minha amável esposa.

— Não comece, Mark — disse, fria.

— Ah, querida... Estou com bom humor hoje e preciso de cuidados.

Droga... Aquilo era pior até do que as brigas.

Encolhi os ombros e fechei os olhos. Mark com bom humor não era muito melhor do que o contrário. Ele podia se sentir bem com ele mesmo, mas nunca fazia questão de nos contagiar com tal sentimento.

— Hoje não. Estou cansada — disse com a voz mansa, torcendo para que ele respeitasse a minha vontade.

Olhei-o pela primeira vez desde que eu entrara no quarto, tentando encontrar alguma expressão de empatia, alguma chance de ser respeitada.

Mark era alto, cheio de músculos como um jogador de futebol americano, cabelos loiros, assim como os de Thomas, e olhos negros como a noite. Suas feições eram muito marcadas e másculas e, naquele momento, totalmente furiosas.

— Cansada de que, Amy? Você não faz nada o dia inteiro! Cuida desta casa e daquele moleque, o que não é mais do que sua obrigação! — Fiquei calada. Mark pensava que minha vida era um mar de rosas, onde não havia preocupações, trabalho algum e muito menos problemas. Ele nunca fora capaz de me entender e, aparentemente, isso não aconteceria agora. — Você é minha esposa, tem obrigações a cumprir, acha que a vida é fácil? Chego cansado do trabalho e quero relaxar; o mínimo que você pode fazer é me abrir essas pernas.

Fechei meus olhos e absorvi suas palavras.

*Humilhada. Pisada. Usada.*

Não havia termos que pudessem descrever melhor meus sentimentos.

— Estou cansada, Mark, eu não aguento mais a forma como você me trata e nem como trata meu filho! — ralhei.

— Não aja como se você tivesse entrado nesse casamento ontem, Amy! — Seus olhos arregalaram-se, como se ele não conseguisse entender a minha revolta.

Antes que ele pudesse continuar, eu o interrompi.

— Você não sabe o que é ser um bom marido ou um bom pai, não conhece educação, carinho e muito menos respeito — acusei, enquanto o encarava.

— Ah... estou comovido! Nós somos casados. Abandonei minha vida de solteirice e diversão por sua causa e ainda tem a coragem de reclamar? Eu vou tomar um banho e, quando voltar, quero você pronta.

Com alguns passos ele estava à minha frente, segurando meu rosto com brutalidade e beijando meus lábios com violência.

— Entendeu, cadela? — perguntou ameaçadoramente.

Eu sabia bem o que aconteceria se eu o recusasse. De uma maneira ou de outra, sofreria algum dano. Eu preferia suportar sozinha.

— Sim — respondi firme e de olhos fechados, negando-me a chorar na sua frente.

Ele me largou e andou rapidamente para o banheiro, batendo a porta.

Tentei me acalmar e respirar fundo para conter os soluços.

Mark nunca gostou de preliminares e muito menos de enrolamentos com muitos beijos e roupas no caminho. Sexo era para o prazer dele, e eu, o seu objeto.

Reuni todas as forças que ainda haviam em mim, todos os motivos pelos quais eu continuava naquele casamento, e tirei minhas roupas. Deitei-me na cama com calma, permitindo-me relaxar por um momento.

— Eu não posso mais fazer isso… — disse para mim mesma. — Não posso permitir.

Apenas o barulho que vinha do banheiro acompanhava minhas palavras. Palavras essas que logo perdiam sua força quando eu lembrava da minha realidade. Sim, eu podia. Eu deveria. Meu filho estava no outro quarto e ele precisava de mim.

Pensar em Thomas me acalmava e bastava um sorriso dele para que eu tivesse as forças renovadas para aguentar dia após dia. Se eu fugisse, que tipo de vida poderia oferecer ao meu filho?

Escutei a porta abrindo e respirei fundo. Mais um dia sendo usada. Desde os dezoito anos...

Mark me atacou de uma vez só, beijando e mordendo minha boca bruscamente. Suas mãos apertavam meu corpo com brutalidade. Beijou e chupou meus seios e eu sabia que aquilo deveria ser bom, porém só conseguia me concentrar em segurar o choro.

Cada apertão me fazia fechar os olhos com desgosto. Quanto mais os anos passavam, mais eu tinha a comprovação de que era frígida. Como eu poderia ser a única dentre as mulheres a não sentir prazer com os toques do meu próprio marido?

Sua mão segurou meu rosto com força e ele me fitou com seus olhos negros assustadores.

— Cadelinha deliciosa... Ah, sim, Amy.

Minha respiração estava ofegante e o vi colocando a camisinha em seu membro.

Mark passou os dedos pela minha intimidade, espalhando um lubrificante. Mal tive tempo de tomar um pouco de ar, quando ele deslizou para dentro de mim e gemeu, enquanto eu segurava um arquejo de dor.

— Apertadinha, querida... — sussurrou, e me beijou com fúria, enquanto estocava rápido e forte em mim.

Tentava ignorar a ardência em meu sexo e rezava para que ele terminasse de uma vez.

As estocadas continuavam cada vez mais brutas.

Ele puxou meu cabelo para trás e, quando percebeu que eu estava quieta, estapeou meu rosto com um pouco de força. Eu não aguentei mais a dor e contraí meus músculos, apertando o membro de Mark dentro de mim. Ele gemeu de prazer e senti as lágrimas escorrerem por meu rosto.

Despedaçada, era assim que me sentia. Dilacerada para todo o sempre e, mesmo que o tempo passasse, achava que vagaria com essa dor pela eternidade; sendo usada, abusada e humilhada.

Mark gemeu em meu ouvido e o som me fez chorar ainda mais.

Em um gesto de descontrole, gritei. Gritei de dor e pela desgraça que era a minha vida.

# Capítulo 2

— Bom dia, mamãe — disse meu filho animado ao me ver descendo as escadas.

Sorri diante da cena. Ele estava com pijama azul e pantufas em forma de navios. Presente dos avós.

— Bom dia, meu príncipe — disse, baixinho. Minha voz estava rouca e esquisita por conta de todo o choro da noite anterior.

— Você tá bem? — ele perguntou, a testa formando um vinco de preocupação.

Thomas se aproximou e o peguei no colo. Ele passou os pequenos dedinhos por minhas pálpebras.

— Estou sim, meu anjo — respondi docemente.

— Moleque, já mandei você chamar sua mãe de senhora, ela é casada!

Thomas estremeceu em meu colo ao ver Mark descendo as escadas, vindo em nossa direção.

— Desculpe, pai — Thomas disse de cabeça baixa.

— Alguém tem que ensinar boas maneiras para esse garoto.

Mark foi até a cozinha e eu olhei para Thomas, que estava sério.

— Vamos trocar essa roupa e tomar café. — Beijei sua bochecha e ele riu baixinho.

Subi as escadas com Thomas ao meu lado. Sentia falta de carregá-lo no colo, às vezes, mas eu já não aguentava seu peso por muito tempo.

— Mãe, por que o Mark é tão chato?

Virei-me imediatamente para olhar meu filho, que estava sentado em sua cama olhando para mim com expectativa.

— Não o chame assim. Se ele ouvir, vamos nos encrencar — disse, baixinho.

Thomas nunca escondeu de Mark que não sentia afinidade com ele e, na maioria das vezes, respondia a ele como ninguém ousava fazê-lo.

Quando era pequeno, chamava-o de papai. Esforçou-se para ser melhor do que qualquer colega de turma e assim receber aprovação, porém, conforme foi crescendo, isso sumiu. Ele não gostava mais de ficar sozinho no mesmo espaço que Mark e muito menos se referia a ele como pai.

Mark não aturava esse desaforo e, sempre que o ouvia falando assim, brigava com ele e comigo. Por isso, Thomas, às vezes, preferia se submeter, chamando-o de pai apenas para que não houvesse gritaria.

— Seu pai é uma pessoa complicada. Mas hoje teremos o dia só pra nós, nada de chatos na área — disse, brincalhona, e me aproximei para dar um beijo em sua bochecha.

Já era fim de tarde, o dia estava ensolarado. Observei, aflita, Thomas subir em uma árvore para pegar uma flor.

Ele sempre foi muito ligado à natureza e desde muito pequeno gostava de fazer aquelas artes.

— Thomas, cuidado. Por favor, desce daí! Vem, vou te ajudar.

Ele fez uma careta, mas aceitou minha ajuda. Desceu da árvore trazendo uma flor em sua mão. Aproveitou que estava em meu colo e me abraçou.

Afastou-se por um momento e pôs a flor em meu cabelo. Ri e botei-o no chão.

Thomas saiu correndo pela campina e pegou sua bola, jogando-a para o alto.

O pequeno campo era um lugar só nosso, poucas pessoas sabiam onde ficava. Achei esse lugar quando era mais nova, e Thomas adorava.

Sentei-me entre as flores e continuei lendo um livro velho que havia encontrado nas coisas da minha mãe. Permiti-me sair do meu mundo por alguns minutos. Concentrada na leitura, não percebi o que estava ao meu redor, até escutar o grito de Thomas.

— Mamãe! — gritou ele com a voz rouca.

Levantei-me e corri até onde ele estava, ao lado de uma árvore.

— Meu Deus, o que houve, Thomas? — perguntei já à beira do desespero.

— Tentei subir, mas o galho quebrou e... — ele tentou explicar em meio aos soluços.

— Vem, segura na mamãe — pedi.

Ele tentou levantar e gritou. Sua perna esquerda estava dobrada de maneira estranha.

— Tudo bem, fica quietinho. Eu vou te pegar no colo — falei, tentando ficar calma.

Peguei-o no colo e me desestabilizei um pouco quando abaixei novamente para pegar minha bolsa que estava no chão, em meio às flores.

— Vou levar você ao hospital — sussurrei para Thomas, que estava chorando encostado em meu peito.

Liguei para Mark no caminho para o hospital e ele fez pouco caso da situação de Thomas, além de me xingar por não ter tomado conta direito dele. Chorei em desespero e fui obrigada a concordar com Mark. Por que raios não prestei mais atenção?

Thomas choramingou no banco detrás e percebi que estava tentando se mover.

— Príncipe, escuta a mamãe. Fica quietinho, sua perna vai precisar de cuidados.

Ele resmungou alguma coisa e suspirei, vendo o hospital à minha frente.

— Amy Bennett! — chamou uma enfermeira baixinha e com o uniforme um tanto apertado em seu corpo gordinho.

Levantei-me e empurrei a cadeira de rodas em que Thomas estava, com cuidado.

— Sala seis, querida, o Dr. Harrison está esperando vocês — disse, com a voz doce.

Andei rápido e concentrei-me em guiar a cadeira de rodas sem muitos desvios. Adentrei a sala e prontamente mãos fortes ajudaram-me a tirar Thomas da cadeira, e a deitá-lo na maca.

Respirei fundo, recuperando a respiração e levantei a cabeça para olhar o doutor.

— Boa tarde, Sra. Bennett — ele disse, e seus olhos me avaliaram.

— Boa tarde, Dr. Harrison — respondi, ofegante pelo esforço.

— Matthew, apenas — disse, simpático.

Olhei para Thomas, que estava quieto e olhando tudo muito desconfiado.

— O que houve, garotão? — Matthew remexeu nos cabelos de Thomas e os dois riram.

— Ele estava tentando subir em uma árvore e caiu, eu estava distraída e... ele acabou se machucando. Diz que a perna esquerda dói — expliquei.

Lágrimas encheram meus olhos ao ver Thomas tão quietinho e com uma expressão de dor.

— Isso acontece, crianças são elétricas — disse o médico, olhando-me com um sorriso. — Você gosta de árvores? — Matthew perguntou a Thomas, ainda me fitando.

— Elas são legais, dá para ver um monte de coisas lá de cima e pegar flores bonitas pra mamãe.

Sorri e segurei a vontade de abraçar meu filho, sempre tão carinhoso comigo.

— Eu também gostava de árvores quando era do seu tamanho.

Matthew conversava com Thomas ao mesmo tempo que examinava sua perna, e pude ver que ele parecia preocupado.

— Seu nome, garotão? — ele perguntou, claramente tentando distrair meu filho.

— Thomas — respondeu acanhado.

Matthew olhou de relance pra mim e sorriu.

— Sério? Caramba! Seria o meu nome se meu pai não tivesse insistido por Matthew — ele disse, e Thomas pareceu impressionado.

— Uau, isso é maneiro.

— Thomas, vamos precisar fazer um raio-X, algo me diz que você arrumou um probleminha aí.

Apesar de Thomas estar conversando, eu podia ver seus olhos com lágrimas e sua carinha de dor sempre que o doutor tocava em sua perna esquerda.

— Mamãe, não chora — Thomas sussurrou, me olhando. Matthew me olhou também e percebi que eu estava realmente chorando.

— Está tudo bem, amor. — Limpei as lágrimas com as costas das mãos.

— Ele ficará bem — Matthew disse, com um sorriso, e por algum motivo eu acreditei de verdade nele.

Mark estava mais enfurecido que nunca. Eu não conseguia lhe dar atenção e muito menos me dedicava a isso.

Já fazia três dias desde toda a confusão, perder Thomas de vista se tornara inaceitável para mim; eu tinha medo de que algo acontecesse e ele arrumasse um problema maior em sua perna.

Depois de milhares de reclamações, Mark saiu para o trabalho e eu resolvi visitar minha mãe.

Ficar sozinha não estava me ajudando.

Com cuidado e algumas reclamações, consegui colocar Thomas no carro. Eu apenas rezava para que meu pai não estivesse em casa.

— Nós vamos ver a vovó? — Thomas indagou com a voz alta.

— Isso mesmo. Acho que ela deve estar com saudades da gente.

A verdade era que eu é quem estava precisando urgentemente dos carinhos da minha mãe. Aguentar Mark me desgastava.

Em pouco tempo cheguei à casa dos meus pais e fui bem recebida.

— Amy! Ah, Amy! Que bom que você veio — exclamou minha mãe.

— Está tudo bem, mãe? — perguntei alarmada.

Sua expressão não parecia de pânico ou algo do tipo, então relaxei um pouco.

— Está, filha. Você precisa aparecer mais, olha só o tamanho desse menino! — disse ela, enquanto abraçava e beijava Thomas, que só fazia rir. — O que anda dando pra ele?

— A mamãe me dá comida, vovó.

Nós rimos, e logo Thomas se dispersou. Indo andar pela área livre da casa. Chegava a dar uma peninha ver como ele caminhava devagar por conta da perna imobilizada. A vontade de correr estava exposta em seu rosto.

— Ele está lindo, Amy. Sinto tanto orgulho de como você cuida dele. — Ela pegou minha mão e me conduziu para uma mesa que havia no meio do jardim.

— Obrigada, mãe. — Eu sorri.

— Como está o paraíso? — perguntou, com a voz triste. Sim, paraíso era nosso código para falar da minha relação com Mark e eu acreditava que uma das maiores tristezas da minha mãe era que eu ainda estivesse com um homem que ela sabia não ser bom para mim e para seu neto.

— O de sempre... complicado. Com Mark não poderia ser diferente. Mas relaxe, mãe, estou conseguindo lidar com isso — falei, estendendo minha mão para pegar a dela.

Aquilo era uma enorme mentira, não havia como eu dizer que conseguia lidar com Mark quando vivia em uma rotineira relação abusiva. Porém, minha mãe se encontrava em uma situação apenas um pouco melhor que a minha; não havia nada que eu quisesse menos nesse momento do que preocupá-la.

— Vou continuar fingindo que você me engana, Amy. — Aproximou-se de mim e pegou minhas mãos com força. — Você deveria fugir, filha, para bem longe — sussurrou.

Olhei-a intensamente e me entristeci.

Carla, minha mãe, parecia ter mais idade do que realmente tinha; seu modo de falar e se expressar já não era mais o mesmo. Eu podia ver o desespero dela ao me pedir isso. Mas para onde eu iria?

— Eu não posso, mãe — sussurrei enquanto olhava para o Thomas, que estava sentado brincando com as flores do jardim.

— Amy, eu sinto muito por não ter protegido você — começou.

*Ah, não, não outra vez.*

— Mãe, não, por favor... — Eu me remexi desconfortavelmente na cadeira.

— Me deixe falar! — exclamou aborrecida. — Eu deveria ter feito muito mais coisas na minha vida, deveria ter sido mais corajosa tanto por mim quanto por você. Amy, você é jovem, linda e responsável. Eu sei que você consegue mudar isso. O Thomas ainda é uma criança... Não deixe de protegê-lo. Não seja fraca como eu fui. *Fuja. Liberte-se* — ela implorou.

As lágrimas escorreram rapidamente em minhas bochechas. Isso não era justo. Não era justo vivermos na situação em que vivíamos e nem que ela me pressionasse dessa forma.

Eu não poderia simplesmente pegar meu filho e ir para qualquer lugar. Infelizmente, ninguém vive apenas de boas intenções.

— Você sabe o que me aconteceria se eu fugisse, mãe... Thomas sempre será filho de Mark e ele tem os direitos dele — resmunguei.

— E os *seus* direitos, Amy? — ralhou.

Olhei-a por alguns segundos e ri ironicamente.

— E os *seus* direitos, mãe? — indaguei.

Ela se calou e limpou as lágrimas que caíam de seus olhos.

— Bem, você deveria vir para cá. Pelo menos estaria mais segura — insistiu.

Ponderei por alguns minutos e peguei sua mão novamente.

— Você sabe muito bem que meu pai não iria gostar.

— Não, ele não iria.

Já fazia quinze dias que Thomas estava com a perna engessada. Ele odiava mais que tudo ficar deitado quase o tempo todo. Sentia falta de ir ao campo, de subir em árvores, brincar com a sua bola... E eu tentava acalmá-lo.

Hoje teríamos de voltar ao médico e ver se, finalmente, estava tudo bem.

— Mamãe... Eu não quero mais ficar com isso — Thomas resmungou pela vigésima vez.

— Vamos ver o que o médico vai dizer. — Suspirei e o peguei no colo, ajeitando-o no banco detrás do carro.

Thomas ficou calado durante todo o caminho e seu humor pareceu melhorar quando viu Matthew.

Grandes olhos verdes me fitaram quando entrei no consultório. O doutor era um homem que chamava muita atenção. Chegava a ser embaraçosamente bonito.

Cabelos pretos, bagunçados, feições fortes e bonitas, queixo quadrado e com uma pequena cicatriz, lábios um pouco avermelhados e convidativos... E os seus olhos... que me faziam lembrar os olhos de meu filho Thomas: eram de um verde intenso.

— Thomas! E aí, garotão? Como anda essa perna? — Matthew perguntou, bagunçando os cabelos loiros de Thomas. — Oi, Sra. Bennett.

— Amy, por favor — murmurei.

— Amy, ele conseguiu tomar todos os remédios?

— Sim. Segui todas as suas instruções, apesar de que alguém aí não facilitou muito — disse brincalhona, apontando para Thomas, que rolou os olhos para mim e largou suas muletas no chão.

— Ficar deitado é chato e tomar remédio também — disse, dando de ombros.

— Eu me lembro de quando tinha sua idade. Quase todo mês acontecia alguma coisa comigo... Minha mãe entrava em desespero. Mas pensa... Quanto mais quietinho você ficar e tomar os remédios, mais rápido ficará bom.

Os dois sorriram um pro outro e senti que Thomas realmente gostava do doutor.

— Ele é um bom garoto — Matthew disse, assim que Thomas foi encaminhado para outra sala. Finalmente, ele poderia tirar o gesso, porém teria de tomar cuidado e, se sentisse dor, eu deveria trazê-lo imediatamente.

— Ele é a melhor coisa da minha vida — respondi distraída.

Matthew me olhou e eu fiquei paralisada. Estávamos tão perto... Eu podia sentir seu hálito refrescante em minha pele.

— Crianças são uma bênção... — sussurrou.

Minha respiração estava pesada e a vontade de me aproximar era enorme. Algo nele me atraía muito.

Dei um passo para trás, assustada com meus pensamentos. Ele me olhou confuso e respirei fundo.

— Sim, eu também acho.

Eu não conseguia olhá-lo e não desejá-lo. Algo dentro de mim se animava com a sua presença e me fazia ter vontade de ficar mais perto.

— Há quanto tempo é casada?

Assustei-me com a sua pergunta, porém ele parecia apenas curioso.

— Me casei aos dezoito. Com dezenove, estava grávida de Thomas — disse baixinho.

— Uau... Tão nova, são raros os amores adolescentes que dão certo hoje em dia.

Matthew achava que eu tinha me casado por escolha, por amor.

— Acredite, esse não é o meu caso. — Sorri amargamente.

Ele me fitou e se aproximou. Olhando-me e sorriu um pouco.

— Seu marido é um homem de sorte, Amy.

Arquejei e dei passos para trás.

Isso não podia acontecer, não era certo! Ele era um médico renomado, não podia flertar comigo, até porque eu era casada e se Mark soubesse de qualquer coisa...

— E-eu... Obrigada. — Senti minhas bochechas esquentarem e meu coração bater forte.

Apesar de saber que tenho uma aparência boa, não estava acostumada a receber elogios de homens. Apenas de Thomas.

— Matthew! — Thomas gritou.

Viramos para olhá-lo, parado na porta com um sorriso imenso.

— Sabia que ia gostar de tirar o gesso. E aí? Está doendo? — Matthew se agachou à sua frente e conversava com ele, divertido.

— Não. É bem legal ficar sem aquilo.

— Lembre-se disso quando quiser subir em árvores de novo — resmunguei e cruzei os braços.

Thomas encolheu os ombros, e eu e Matthew rimos.

— Sua mãe está certa, é perigoso. Bem, eu gostaria de vê-lo novamente em uma semana.

Matthew levantou com toda a sua elegância e suspirei.

Por que ele tinha de ser tão bonito? Droga!

— Eba! Eu gosto de vir aqui — Thomas disse animado, e eu franzi o cenho.

— Gosta de hospitais? — perguntei desconfiada.

— É legal, mamãe. Quero ser um médico igual ao Matthew.

Um sorriso imenso se abriu em meus lábios. Ver Thomas com sonhos, sorrisos e expectativas era tão bom! Queria vê-lo crescer e ser feliz. Queria poder vê-lo fazer as coisas que eu nunca pude.

— Tem que estudar muito, garotão. Tenho certeza que você será um ótimo médico.

— Eu também tenho — concordei com Matthew. Ajoelhei-me e estendi os braços. Thomas correu pra mim e gargalhou quando beijei seu rosto freneticamente. — Finalmente você está bem, agora vai parar de resmungar.

— Para, mamãe! — ele gargalhava.

Matthew ria também, e aquilo me desconcertou por inteiro.

— Obrigada, Dr. Harrison — agradeci.

Depois de quinze dias, ver um sorriso satisfeito nos lábios de Thomas era uma alegria.

Estendi a mão para Matthew, que a aceitou de bom grado. Seu toque era firme e suas mãos, grandes. Um calor estranho se apossou de mim e fiquei paralisada quando nossos olhares se cruzaram.

— Uma semana, Amy... Para confirmar se está tudo bem — sussurrou.

# Capítulo 3

— Mãe, por que o Mark não pode ser legal igual ao Matthew?

Thomas e eu estávamos sozinhos em casa. Enquanto eu terminava o jantar, ele montava um quebra-cabeça.

— Eu já disse, príncipe. Seu pai é complicado...

— Eu tenho medo dele — sussurrou.

Paralisei, olhando para a faca que eu segurava.

— Eu também... — sussurrei de volta.

Larguei a faca e me virei para olhá-lo.

— Sinto muito, filho, você merecia um pai melhor.

Ele deu de ombros e sorriu.

— É, mãe... Mas eu tenho você. Que é a melhor do mundo todinho!

— Eu tento. — Ri. — Agora termine logo de montar isso, estou quase acabando o jantar.

NAQUELA NOITE EU CONSEGUIRA ME LIVRAR DE MARK, DIZENDO que Thomas estava sentindo uma dor na perna e me pedira para dormir com ele. Depois de escutar xingamentos e outras coisas mais, fui dormir com o meu filho, que, de bom grado, esticou-se por cima de mim, com o rosto enfiado em meu pescoço.

O dia foi passando em minha mente como um filme. Eu não conseguia parar de pensar *nele*, em seus lindos olhos, os cabelos encaracolados, de um tom escuro... Eu queria tanto poder deslizar minhas mãos por entre aqueles fios. Os lábios vermelhos e convidativos... O hálito refrescante... Meu Deus, pela primeira vez eu desejava, de verdade, um homem.

*Você é casada Amy, contenha-se.*

Simplesmente não conseguia parar de pensar nele, a forma como interagia com Thomas e parecia gostar dele, o modo educado e gentil com que sempre falou comigo.

Parecia ser o inverso de Mark. E aquilo me fascinava.

Durante os quinze dias em que permaneceu com gesso, pelo menos uma vez por dia, Thomas falava sobre Matthew com alegria e admiração, animado com a história de ter um "amigo" médico. Eu ria baixinho com meus pensamentos e acariciava os cabelos lisinhos e loiros do meu filho.

Se eu tivesse conhecido Matthew quando tinha dezessete anos, teria tentado seduzi-lo.

Quase ri novamente e me segurei, pois não queria acordar Thomas.

E com lindos olhos verdes e lábios vermelhos passando como *flashes* em minha mente, adormeci.

— Mãeeee! — Senti tapinhas leves em meu rosto e um resmungo soou.

— Hmmm, príncipe, me deixe dormir...

— Mark pediu pra chamar você — disse baixinho e beijou minha bochecha.

Abri os olhos lentamente e suspirei. O que será que aquele ogro queria?

— Ok. Acordei. — Levantei-me um pouco cambaleante e passei as mãos por meus cabelos. — Vou fazer seu café — avisei, olhando-o sentadinho na cama. — Sua perna está doendo?

— Às vezes dói, se eu andar muito rápido ou correr.

— Thomas! Você ouviu o que o Matthew disse, nada de correr e nem ficar aprontando. Tirar o gesso não significa que não possa colocá-lo de novo. Promete tomar cuidado? — Ajoelhei em sua frente e pus as mãos em seus joelhos.

— Prometo. — Ele suspirou e sorriu. — Será que um dia vou poder ser um médico também, mãe?

— Claro, filho, é só estudar pra isso... Além do mais, você é um garoto tão...

— Amy! — Um grito rude soou do lado de fora do quarto. A voz de Mark me deu calafrios e prontamente fiquei de pé, séria.

— Fique no quarto, vou ver o que ele quer.

— Tudo bem.

O sorriso que antes Thomas tinha em seus lábios murchou e sua expressão era assustada.

Beijei suas bochechas e saí do quarto, fechando a porta cuidadosamente.

Fui até o quarto que dividia com Mark e lá estava ele, deitado na cama, com os dois braços apoiados na parte detrás da cabeça. Usava apenas uma cueca larga.

— O que quer, Mark? Tenho que dar café da manhã para o Thomas.

— Você escapou ontem, Amy... Mas hoje... Vem aqui, vem.

Suas palavras embrulharam meu estômago e fiquei paralisada.

*Merda!*

Olhei sua expressão maliciosa e segurei a bile em minha boca. Meu corpo se curvou e corri para o banheiro, vomitando até não aguentar mais.

— Que merda, Amy, está doente?

Segurei no mármore da pia para, enfim, ficar de pé, dando de cara com seus olhos pretos frios.

— Eu não sei — disse baixo.

— Cuide dessa merda, eu preciso de uma mulher e não de uma doente.

Olhei-o e meu estômago se revirou novamente, porém a raiva tomou conta de mim.

*O que ele acha que eu sou, porra? Sou um ser humano, fico doente, cansada e indisposta!*

Meu corpo tremeu e eu não aguentei.

— Chega! Chega! Eu não aguento mais isso. Você não tem o mínimo de respeito! — gritei. — Você não vai me tocar, me deixa em paz.

Uma fraqueza me atingiu e segurei no mármore novamente.

*Droga de enjoo!*

Antes que eu pudesse entender o que estava prestes a acontecer, senti ardência e dor em meu rosto.

*Um tapa na cara! Como ele pôde? Eu poderia ser mais humilhada?*

Mark me imprensou contra o mármore da pia e segurou meus cabelos, puxando-os para trás.

— Nunca mais ouse falar comigo nesse tom. Sou seu marido, preste atenção como age.

*Não dá mais! Tirem-no de perto de mim!*

Lágrimas escorreram de meus olhos e um soluço ficou preso em minha garganta.

— Saia de perto de mim. Você não tem o direito de me bater, nem de gritar comigo, ou de achar que tenho que abrir minhas pernas sempre que você quiser. Eu não vivo para te servir!

Sua expressão nem ao menos se alterou.

— Ah, vive sim, cadela. Quem banca isso tudo aqui? Você não faz nada, Amy, sou seu marido, posso fazer o que quiser com você.

— Não! Você não pode! Não sou um objeto, sou um ser humano! — gritei. — Saia de perto de mim, porra!

Tentei me livrar de seus braços e senti sua respiração rápida contra a minha pele.

— Gosta de apanhar, não é, sua puta?!

Mark se preparava para me dar outro tapa, quando ouvimos o barulho da porta do banheiro sendo aberta.

— Mamãe?

Mark fechou a mão em punho e me soltou da bancada, olhando para Thomas ameaçadoramente.

— O que está fazendo aqui, moleque? Quer apanhar também? — gritou Mark.

Recuperei o controle de minhas pernas e me meti na frente de Thomas.

— Você não vai encostar no meu filho!

Mark gargalhou e fingiu limpar uma lágrima.

— Que bonitinho. Uma cadela tentando proteger seu filhote!

— Não fala assim com ela! — Thomas gritou histericamente e me desesperei.

Mark estava pior, fora capaz de me bater e ameaçar Thomas. Olhei para ele de forma decidida.

— Não se atreva — grunhi. — Eu juro que chamo a polícia.

Virei-me para trás e olhei para Thomas, que estava sério e querendo ir até Mark. Peguei seus braços e o conduzi para fora do banheiro.

Tentando me controlar, segurando Thomas, desci as escadas e saí da casa, sem olhar para trás por um único momento.

Eu chorava descontroladamente enquanto Thomas acariciava meu rosto, onde Mark havia me batido. Eu não deveria desabar na frente do meu filho... Porém, era inevitável, não dava mais para viver assim.

A questão é que eu não sabia o que fazer se saísse de casa com Thomas. Teria de aguentar meu pai e sua má vontade em nos abrigar, além de sua insistência para que eu voltasse para Mark.

Nunca pude trabalhar e não tinha amigos... Pra onde, diabos, eu iria com meu filho?

Eu não tinha escolha a não ser ficar.

— Mamãe... Não chora. — Thomas estava com a expressão triste e a minha vontade de chorar crescia só de vê-lo assim.

— Vou parar, príncipe.

Respirei fundo e procurei me controlar. Lágrimas ainda escorriam de meus olhos, e a tristeza me consumia de uma forma como nunca antes.

Segurei o rostinho de Thomas entre minhas mãos e beijei sua testa, abraçando-o contra meu peito.

— Nunca vou deixar ninguém machucar você — sussurrei.

— Mãeeee, posso tomar sorvete? — Thomas ia correndo à minha frente, com o rosto iluminado ao ver o vendedor de sorvete.

— Pode, príncipe.

Ele correu até o vendedor, já escolhendo qual ia tomar. Eu ri de sua empolgação e fui até onde ele estava, pagando. Thomas abriu a embalagem com agilidade e logo estava se lambuzando com sorvete de chocolate.

Eu ri de sua alegria com algo tão simples e segurei sua mão.

Cinco dias haviam se passado desde a minha briga com Mark. Todos os dias, algum tempo antes de ele chegar, eu me trancava no quarto de Thomas e ficávamos os dois lá, conversando, vendo filmes e montando quebra-cabeças.

Eu não tinha mais coragem de dormir ao lado de Mark, ou até de vê-lo. Escondia-me e ignorava quando ele socava a porta gritando.

A questão é que eu não podia ficar mais nessa situação. Uma hora teria de enfrentá-lo e, sinceramente, eu tremia de medo. Enquanto pudesse evitar, eu o faria.

Thomas terminou seu sorvete e arregalei os olhos com a rapidez.

— Já acabou?

Ele riu e jogou o palito e a embalagem em uma lixeira.

Continuamos andando e ele pulava as linhas do chão, por mais que eu o repreendesse. Não deveria ficar se arriscando desse jeito. Matthew havia dito para não abusar.

— Você vai cair. Por favor, ande direito. — Ele resmungou alguma coisa e parou de pular as linhas.

Chegamos ao parque onde Thomas gostava de ir.

Era um lugar grande, com um gramado extenso e algumas flores; havia brinquedos de madeira para crianças e bancos para os pais se sentarem. Alguns casais de adolescentes faziam piqueniques e outros aproveitavam a calma para ler um livro.

Thomas saiu correndo em disparada para os brinquedos e me sentei em um banco vazio do parque. Não me arrisquei a ler um livro enquanto ele brincava, já que da última vez em que eu havia me distraído as consequências não tinham sido nada boas.

Thomas brincava com uma garotinha linda. Olhos azuis, cabelos castanho-claros e um sorriso recheado de dentinhos de leite encantadores. Eles riam e se animavam com alguma coisa; brincavam juntos.

Se Mark fosse um homem decente, eu gostaria de ter outro filho. Uma garotinha, talvez. Mas jamais arriscaria na atual situação.

Meu filho empurrava a menina no balanço com cuidado e eu ri com isso. Ele estava muito feliz com ela.

— Parece que Thomas gostou da minha sobrinha.

Sua voz me fez pular do banco e meus olhos se arregalaram.

— E-eu... Matthew? — gaguejei.

Eu já o achava bonito com seu jaleco de médico... Mas agora achava que estava prestes a enfartar. Ele vestia calças jeans escuras e uma blusa branca que mostrava bem seu porte físico definido. Estava com óculos escuros e um sorriso glorioso. Os cabelos encaracolados estavam bagunçados como sempre. Definitivamente, ele não parecia daqui.

*Sexy! Sexy! Sexy!*

— Parece que sim. — Sorri.

Sem esperar um convite, Matthew sentou-se ao meu lado. Olhei-o de relance e ele me fitava com admiração. Eu ri e neguei com a cabeça.

Afinal, o que um cara cheio de vida como ele poderia querer comigo?

— Sua sobrinha é linda — eu disse, olhando para o balanço, que Thomas ainda empurrava cuidadosamente.

— Minha bonequinha... — ele disse docemente e riu em seguida. — O nome dela é Melanie. Meu irmão a trata como se fosse de porcelana, mas é uma travessa.

Eu podia ver o seu carinho ao olhar para a sobrinha e meus olhos se encheram de lágrimas.

Mark nenhuma vez olhou para o próprio filho assim, nunca o beijou na bochecha ou disse "bom dia, filho". Era sempre "faça isso, moleque." Thomas estava certo em não gostar do pai. Mark nunca dera motivos para isso.

Olhando aquela cena, na qual duas crianças inocentes brincavam juntas, em que eu via o sorriso estampado no rosto do meu filho, não consegui mais segurar minha tristeza. Quando percebi, estava fungando e com lágrimas escorrendo por meu rosto.

Por que a vida tinha de ser tão dura comigo e com Thomas?

— Amy? O que houve? — A voz de Matthew, preocupada, me fez chorar mais.

As únicas pessoas que se preocupavam comigo de verdade eram minha mãe — que nada podia fazer — e meu filho.

— Me desculpa... E-eu... — gaguejei e sufoquei soluços, não conseguindo terminar a frase.

Escondi o meu rosto com as mãos e tentei controlar o choro, porém eu não estava obtendo sucesso. Fui abraçada de repente e perdi a percepção do tempo.

O cheiro dele, sua respiração, seu corpo quente, seus braços fortes me envolvendo... Era tudo de que eu sempre precisei. Tudo que sempre quis.

Ouvi vozes altas de crianças e afastei Matthew rapidamente, varrendo os olhos pelo parque à procura de Thomas. Ele e Melanie estavam sentados na grama e conversavam de um jeito encantador. Ela sorria e ele parecia animado.

— Amy, eles estão bem. Olha pra mim.

Respirei fundo e levantei minha cabeça para fitá-lo.

— Me conte o que aconteceu. Eu vejo dor em seus olhos desde que a conheço. Eu não entendo... — ele sussurrou.

— Eu sinto muito por isso... Não sei o que deu em mim — me desculpei.

— Me conte — ele pediu.

Olhei em seus olhos e uma forte e desconhecida vontade surgiu em mim, eu queria lhe contar tudo, queria poder abraçá-lo de novo e ouvir suas palavras reconfortantes. Porém, ele não merecia isso. Durante todo o tempo em que cuidou de Thomas foi extremamente gentil e até carinhoso. Ele não merecia saber o horror que era minha vida.

— Eu não posso — disse firme, ainda o fitando. — Você não deve se envolver nisso, e não quero a pena de ninguém.

Minha mente gritava para que eu deixasse de ser idiota e contasse tudo de uma vez. Mas o que isso adiantaria?

— Eu não aguento vê-la assim... Eu não sei o motivo, mas, Amy, você mexe comigo.

Fechei os olhos e gemi.

— Não diga isso, por favor — sussurrei.

Dei graças a Deus por não ter tanta gente ali no parque. Ninguém reparava em nós dois.

— Desde o dia que entrou em meu consultório, nervosa e completamente linda... Eu...

Botei um dedo em seus lábios, impedindo-o de continuar a falar.

— Eu também me sinto assim, Matthew, mas não há nada que possamos fazer. Nós não podemos.

Olhei para Thomas de relance e ele continuava concentrado em Melanie.

— Um dia você irá me contar?

— Talvez — sussurrei.

Aquilo era uma completa mentira, eu fugiria dele dali para frente. E, se possível, jamais retornaria ao seu consultório. Afastei-me dele e de seu corpo tentador, limpei o rastro das lágrimas de meu rosto e respirei fundo.

— Então, quantos anos Melanie tem? — indaguei.

Matthew parecia ter necessidade de se recuperar do efeito de minha proximidade e quase ri disso, pois me sentia exatamente da mesma forma.

— Seis, mas na maioria das vezes age como se tivesse dez. — Ele riu, olhando-a.

Thomas e Melanie subiam a pequena escada para ir ao escorregador. Ele a ajudava com um sorriso.

— Nunca vi Thomas tão encantado com uma menina antes — falei, sorrindo.

Os dois eram tão fofinhos juntos.

— Acredite, Melanie não é do tipo que gosta de garotos, mas já com ele...

Nós dois olhamos o exato momento em que Melanie deu um beijo na bochecha de Thomas e ele ficou vermelho.

— Uau! — Matthew disse espantado.

— Olha a cara do Thomas! — gargalhei.

— É, eles realmente gostam um do outro.

# Capítulo 4

A tarde tinha sido maravilhosa. Matthew havia me feito companhia. Havíamos conversado durantes horas, tínhamos muitos gostos em comum em relação a música, comida, livros e até algumas coisas de arquitetura.

Desde pequena, eu me via como uma designer de interiores, gostava de redecorar lugares, combinar móveis, cores e outras coisas mais. Matthew me contou que sua mãe, Laila, era arquiteta e eu quis conhecê-la. Mas não me atrevi a falar sobre minha vontade.

Evitei todos os assuntos que pudessem envolver Mark. Matthew sabia que havia algo muito estranho em minha vida, porém foi cavalheiro o suficiente para não insistir no assunto. Conversar e ver a forma com que ele me tratava, e também ao meu filho, fez-me chegar a uma decisão que eu já deveria ter tomado há muito tempo.

Precisava arrumar uma forma de me livrar do Mark e seguir com a minha vida.

Thomas e Melanie não queriam se desgrudar, e na hora de irmos embora os dois fizeram bicos. No carro, ele não parava de falar o quanto Melanie era bonita e fofa, e que queria brincar com ela de novo. Eu não podia dizer nada, já que ficar encontrando Matthew não era seguro. Se Mark soubesse disso, surtaria.

Quando Thomas e eu chegamos à nossa casa, já era noite e o carro de Mark estava no gramado. Seria impossível transitar pela casa sem dar de cara com o meu marido.

— Thomas, eu quero que entre em casa e vá direto pro quarto. Tranque a porta e só abra quando eu mandar, está bem?

As feições alegres de Thomas murcharam, e agora ele estava sério.

— Mark vai bater em você? — ele perguntou em um fio de voz.

Reuni o máximo de força que tinha para olhar em seus olhos e responder:

— Não, amor, ele não vai.

Thomas saiu do carro e eu saí em seguida. Ele agarrou minha cintura, abraçando-me forte.

— Eu gosto do jeito que o Matthew trata você.

Arregalei os olhos, surpresa com suas palavras. Que criança de cinco anos diz isso?

— Eu também gosto — confessei e ajoelhei em sua frente, abraçando-o. — Vai ficar tudo bem.

Levantei e segurei sua mão, indo para dentro de casa. Assim que entramos, Thomas fez o que pedi e respirei de alívio.

Nunca, em todos os anos de casada com Mark, eu tinha chegado àquela hora em casa. Com certeza, eu teria problemas. Ainda mais porque vinha fugindo dele há dias. Eu precisava enfrentar aquela situação, adiar só pioraria.

Respirei fundo e deixei minha bolsa na mesa da sala. Subi as escadas em passos firmes. A minha decisão estava tomada, e Mark teria de aceitar.

A luz forte do quarto incomodou os meus olhos por alguns segundos, ele estava de costas para mim, sentado na cama, imóvel.

— Onde você estava? — perguntou, com a voz raivosa.

— Thomas e eu fomos ao parque, depois de resolver umas coisas na cidade — disse com tranquilidade.

— Você acha que pode ficar saindo assim? Chega a essa hora em casa e me vem com essa desculpa ridícula? Se dê ao respeito! — Ele ficou de pé e em um átimo de segundo estava à minha frente, bufando.

— Está exagerando, eu não estava fazendo nada de mais. Estava com o meu filho no parque.

— Amy... Eu acho bom você se cuidar, se eu a pegar com outro homem, mato você e ele. — Seus olhos estavam esbugalhados e pareciam em chamas; seus punhos estavam cerrados, assim como a mandíbula.

— Não existe outro homem, Mark. E não ouse falar comigo dessa forma, eu estou cansada! Cansada de aturar você todos os dias, seus xingamentos, discussões e reclamações! Pra mim, chega! Eu e o meu filho não merecemos nada disso. Estraguei a minha vida casando com você. Aos dezoito anos, eu era boba e acreditava ter encontrado em você um príncipe encantado. Mas olha a novidade... Eu cresci! Sou maior de idade, tenho meus direitos e homem nenhum vai ficar me batendo. Ou você respeita isso, ou eu quero o divórcio.

Silêncio.

Mark tremia dos pés à cabeça. Assustada, dei dois passos para trás e, quando me preparava para correr, ele puxou meu cabelo. Em um segundo eu estava embaixo dele e sua mão pesada me dava um tapa atrás do outro.

— Divórcio, é? Esse é o máximo que você vai ter! — gritou.

Lágrimas inundavam meu rosto e a dor se entranhou em meu ser. Eu berrei e tentei tirá-lo de cima de mim.

— Cala a boca, piranha!

Meu rosto virava freneticamente para os lados com os tapas que ele me dava. Minhas bochechas ardiam. Seus olhos pretos cravados em mim... Sua mão pesada me batendo cada vez mais rápido...

— Mark! — gritei. — Para!

Depois disso eu não conseguia mais falar. Minha voz sumira e meu choro era a única coisa que se ouvia. Minha cabeça rodava e o ar começava a faltar em meus pulmões.

Mark saiu de cima de mim e me pegou no colo, pondo-me na cama.

— Se você pedir o divórcio, querida... eu tiro o Thomas de você — ele sussurrou e acariciou minha bochecha machucada.

Minha boca sangrava, eu sentia o gosto de ferrugem em minha língua e gemia de dor. A que ponto chegamos… Eu não tinha mais forças para gritar, chorar ou pedir ajuda. A ameaça de Mark ficava latejando em minha cabeça.

*Thomas... Ele quer tirar o meu Thomas de mim! Fique no quarto, filho! Fique seguro...*

Acordei assustada. Não fazia ideia de que horas eram e nem de onde estava. Fechei os olhos e respirei fundo, sentindo a dor latejante em meu corpo. Meu rosto parecia queimar.

Mark estava na cama, ressonando tranquilamente.

Com movimentos cuidadosos, levantei-me. Fui até o banheiro e liguei a luz, olhando-me no espelho. Eu estava desfigurada. Minha boca estava um pouco torta, inchada e vermelha. Minhas bochechas, completamente roxas, estavam deformadas e machucadas. Havia sangue seco por quase todo o meu rosto e o mais simples toque me fazia chorar. Meus olhos possuíam olheiras escuras e hematomas ao redor. Minhas costelas doíam ao ato de respirar e minhas pernas pareciam de gelatina.

Obriguei-me a parar de chorar e a fazer algo sobre aquilo.

Limpei o sangue seco com as mãos trêmulas e apaguei as luzes, saindo do quarto na ponta dos pés. A porta de Thomas estava aberta.

*Deus! Que Thomas não tenha visto o que aconteceu. Por favor. Por favor.*

Ele estava dormindo e, mesmo quando acendi a luz, não acordou. Comecei a reunir as minhas coisas que estavam no quarto dele e também em seu banheiro. Os dias em que eu ficara escondida ali tinham agora facilitado a minha escolha. Arrumei tudo que eu precisaria em uma bolsa e comecei a arrumar as coisas de Thomas.

Quando havia terminado, troquei-me e soltei meus cabelos, penteando-os, tentando, em vão, esconder um pouco a atrocidade que Mark havia feito. Com tudo pronto e arrumado, acordei Thomas, que meio tonto levantou da cama, assim que viu que era eu, me abraçou e começou a chorar.

*Ele não pode ter visto. Não, Não.*

— Thomas, escute a mamãe. Eu estou bem, mas preciso que você seja forte agora. Nós não podemos mais ficar aqui e temos que ir embora neste segundo. Por favor, não faça barulho e me ajude a carregar todas essas coisas.

*Seu pai não gostará disso, Amy...*

Meu subconsciente estava certo, meu pai não gostaria do que eu estava fazendo. Porém, eu não tinha mais escolha. Precisava ir embora dali.

Thomas assentiu com a cabeça e secou as lágrimas de seus olhos, beijando minha bochecha com cuidado. Segurei o gemido de dor que ameaçou sair de meus lábios. Ele pegou as coisas mais leves e eu, as mais pesadas. Descemos as escadas cuidadosamente e o deixei lá embaixo, voltando para pegar o que restava.

Quando desci o primeiro degrau, eu senti a presença *dele.*

— Aonde você pensa que vai? — Sua boca estava colada em minha orelha e sua voz era ameaçadora. Sua mão segurava meu braço com força.

Thomas me olhou e gritou algo que eu não consegui entender.

— Deixe-me ir, Mark. — Livrei-me de suas mãos e o empurrei. Ele nem cambaleou direito.

Puxou meu cabelo e minha cabeça tombou para trás, gritei e segurei sua mão, tentando cravar minhas unhas em sua pele para que ele me soltasse.

— É isso que você quer? Ir embora? — Praticamente cuspiu a pergunta.

— Sim! Me deixe! — gritei em meio a soluços.

— Então vá, cadela, vá embora com seu filhotinho e não ouse voltar aqui!

Respirava com dificuldade e esperava ele me soltar. Porém, eu deveria saber que nada daria certo para mim.

Mark soltou meu cabelo e me empurrou bruscamente. Minhas pernas fracas não aguentaram o desequilíbrio, fazendo-me tombar de joelhos na escada e cair para frente, rolando degrau por degrau até parar nos pés do meu filho.

# Capítulo 5

Eu estava em um hospital. Ainda não havia tido coragem para abrir os olhos, porém o bip irritante e repetitivo confirmava as minhas suspeitas.

Havia uma mãozinha pequena apertando a minha e eu podia ouvir duas pessoas sussurrando algo.

Por mais que tentasse, não conseguia me mexer ou abrir os olhos. Eu queria ficar ali, quieta na escuridão. Porém, a mãozinha pequena que apertava a minha e o chorinho baixo me fizeram abrir os olhos. Thomas estava olhando para mim, o rosto vermelho e banhado em lágrimas. Ele apertou minha mão mais forte quando me viu de olhos abertos.

— Vovó! — gritou.

Minha cabeça girava e eu mal aguentava a claridade do quarto.

Como havia chegado ali? Duvidava muito que Mark tinha se movimentado para me levar a um hospital.

A resposta estava ali na minha frente, minha mãe possuía um sorriso fraco nos lábios e também chorava. Meu pai estava sério e, mesmo assim, pude ver que havia receio em seu olhar.

— Oi — sussurrei.

— Amy... Ah, minha filha! Como está se sentindo? — Minha mãe se aproximou e segurou nos ombros de Thomas, que continuava a me fitar calado.

— Na verdade, não sinto nada — respondi calmamente.

— Devem ser os remédios pra dor — meu pai disse.

Tentei mexer a mão que Thomas não estava segurando, mas havia uma tala imobilizando-a.

— O que aconteceu? — perguntei.

— Nós não sabemos direito... Thomas ligou e quando chegamos você estava no chão, desmaiada.

— Mark? — perguntei erguendo os olhos.

— Não estava em casa.

Eu iria denunciá-lo com toda a certeza, mas se ele já tivesse ido embora seria um problema.

— Você ficou dormindo, mamãe... Por dois dias — Thomas sussurrou, e mais lágrimas desceram de seus olhos.

— Eu sinto muito, meu amor — falei e apertei sua mão.

— Eu vi, mamãe... Vi o que Mark fez com você.

Minha mãe me olhou interrogativamente e meu pai parecia bravo.

— Podemos falar disso depois? — pedi aos três.

— Claro, querida, descanse. — Minha mãe acariciou minha mão.

— O médico já vem falar com você — meu pai disse e saiu do quarto sem nem ao menos me olhar.

Minha mãe me pediu desculpas e também saiu, me deixando com Thomas.

— Escute, príncipe, eu sinto muito pelo que viu. Não fique lembrando disso. Eu estou bem e Mark nunca mais vai chegar perto de nós.

Ele pareceu pensar por um tempo e me fitou.

— Seu rosto tá estranho. — Ele estendeu a mão para me tocar. Rapidamente, eu meneei a cabeça e o impedi.

— Eu sei. Mas vai melhorar.

A porta se abriu e eu sabia que era o médico.

Thomas sorriu ao ver quem era e eu logo olhei para ver o motivo de sua felicidade. Matthew estava ali e me olhava incrédulo.

*Droga! Não era pra ele me ver assim!*

Sim, nós vivíamos em uma cidade minúscula, mas, caramba, quantos outros médicos aquele hospital tinha?

*Não o suficiente para evitar seu azar.*

— Thomas, vá ficar com a sua avó um pouco. Preciso conversar com o médico.

— Tudo bem. — Thomas beijou minha mão num gesto que me surpreendeu e fez um sorriso abrir-se em meus lábios. Saiu do quarto acenando para Matthew.

Virei meu rosto e esperei por suas perguntas. Porém, minutos se passaram e Matthew, agora parado ao meu lado, apenas me olhava.

— Quer me contar o que houve? — perguntou calmamente.

Aquilo me surpreendeu, ele não exigiu de mim uma resposta, ele perguntou se eu estava disposta a falar disso com ele.

*Esse é o tipo de homem que você poderia ter na sua vida.*

E aquela vontade já conhecida de falar sobre tudo com alguém apareceu novamente. Mas era certo aborrecê-lo com a minha história?

— Você tem certeza de que quer ouvir? — perguntei baixinho.

— Amy... Deixe-me ajudá-la. Conte pra mim o que significa tudo isso... — Sua expressão era torturada e triste. Ele parecia mesmo se importar.

— Tudo bem... — sussurrei.

Ele me ajudou a recostar na cama e pegou uma cadeira para ficar ao meu lado. Eu esperava que ele dissesse algo, mas respeitou meu tempo e esperou pacientemente enquanto eu pensava em como começar.

— Quando eu tinha dezoito anos, as coisas estavam complicadas para os meus pais. As terras que eles possuíam estavam dando prejuízo e seriam tiradas deles, o dinheiro ficava cada vez mais raro de conseguir e manter a casa não era fácil, assim como botar comida na mesa. — Respirei fundo e aceitei de bom grado a mão que ele me estendeu. — Eu estava namorando Mark, meu atual marido, no ensino médio, e não tinha muita noção do que era realmente sentir algo por alguém. Éramos dois adolescentes no auge de suas próprias confusões e meu pai, Henry, era amigo do pai de Mark. Quando a minha família começou a desmoronar, eles começaram a conversar, os Bennett iam bem com as terras e o padrão de vida era alto... Então eu, sendo a única chance de nos reerguer, fui usada para ajudar minha família. Eu mal o conhecia, já que o namoro era recente, porém sabia que tinha que fazer aquilo pelos meus pais e tive a esperança de que ele seria bom pra mim. Aceitei me casar com ele e assim sua família ajudou a minha a se reerguer. Meu pai ficou muito orgulhoso de mim... E sempre disse que eu deveria respeitar e aceitar tudo que o meu marido fizesse.

As lembranças me invadiam e eu tremia enquanto pensava em como continuar. Lágrimas inundaram meu rosto e tive de respirar fundo algumas vezes antes de conseguir falar mais alguma coisa.

— Aos dezenove eu engravidei e, depois disso, Mark só piorou. Nunca teve um momento de afeto com o filho, não respeitou meu resguardo e nem minhas dores. Tudo só piorou... E agora ele chegou ao fundo do poço, começou a me bater e a ameaçar Thomas, até falou da possibilidade de tirá-lo de mim. Não sei o que fazer, não aguento mais tê-lo em minha vida. Quando cheguei do parque... ele me espancou, ameaçou e quando estava saindo com Thomas para a casa dos meus pais, empurrou-me na escada.

Fechei os olhos para não ver a expressão de Matthew. Deixei as lágrimas rolarem pelo meu rosto machucado e encostei a cabeça no travesseiro.

Eu conseguira resumir todo o inferno daqueles anos em algumas palavras, porém as feridas ainda estavam abertas, me dilacerando, cada lembrança ruim...

Matthew tocou minha mão e a apertou, logo senti sua respiração próxima a mim e abri os olhos, fitando os seus. Ao contrário do que pensei, ele não tinha pena no olhar, e sim tristeza, uma tristeza verdadeira, raiva, admiração e mais alguma coisa que eu não conseguia identificar.

— Você é simplesmente incrível. Foi capaz de aguentar tudo e continuar de pé, criou seu filho absurdamente bem, com tanta força... Tudo que eu espero, Amy, é que você se recupere e recomece sua vida. Prometa-me que nunca mais deixará Mark chegar perto de você ou de Thomas... Nenhum dos dois merece isso.

Quanto mais ele falava, mais surpresa eu ficava. Ele estava segurando sua raiva e tentando me ajudar. Eu me recostei mais corretamente e fiz a única coisa que pude pensar em querer. Estendi os braços em sua direção, em um pedido mudo para que me abraçasse. Prontamente, ele o fez e a sensação de estar segura, pela primeira vez, era arrebatadora. Ele me deixou chorar e acariciou os meus cabelos murmurando palavras reconfortantes. Eu estava cada vez mais leve, cada vez mais confiante de que poderia refazer minha vida... Ali nos braços de Matthew.

Eu estava simplesmente apaixonada.

Minutos pareceram horas e Matthew não me deixava sair de seus braços, era tudo tão perfeito ali... Era onde eu queria estar. Quando finalmente consegui me controlar, ele me soltou aos poucos e acariciou minha bochecha, inchada e roxa, fazendo-me rir. Graças aos remédios, eu não sentia dor naquele momento.

Por algum motivo eu me sentia livre, me sentia viva. Talvez fosse porque finalmente eu soubesse o que era o amor.

— Matthew, eu...

Ele botou um dedo em meus lábios gentilmente, impedindo-me de falar.

— Fique comigo, Amy, eu prometo cuidar de você e de Thomas — ele sussurrou e aproximou seu rosto do meu.

O certo seria negar, eu não podia envolvê-lo naquela situação. Mas não o queria longe... Tudo em mim gritava por ele. Apesar do receio de confiar em alguém, me sentia compelida a dar uma chance, não só para Matthew, mas para Thomas e para mim.

— Sim... — sussurrei, com os meus lábios a centímetros dos dele.

Ele sorriu e eu fechei os olhos.

Sua boca se juntou à minha gentilmente, com o maior cuidado para não me machucar. O beijo mais leve que já recebi em toda a minha vida. Sua língua passeou por meu lábio inferior e eu gemi, jogando meus braços em seus ombros e deixando que ele tomasse conta de mim.

Thomas fez questão de ficar comigo todo o tempo até que eu recebesse alta, assim como a minha mãe, mas meu pai teve de voltar para casa. Claro que não antes de conversar comigo. Henry me instruiu a voltar para Mark e tentar acertar as coisas, caso isso não acontecesse, eu poderia ir morar com eles. Neguei no mesmo momento, eu jamais veria Mark de novo. O momento em que levei o primeiro tapa bastou, da próxima vez ele acabaria me matando.

Já fazia meses que eu não pisava na minha antiga casa, meses que não via Mark. E me sentia no paraíso.

Matthew estava sempre na casa dos meus pais; quando não estava de plantão no hospital, estava de folga e vinha ficar o dia todo comigo e Thomas. Ao que parece, eu havia ganhado outro anjo da guarda.

Matthew havia me pedido para ir morar com ele em vez de ficar morando com os meus pais e Thomas logo concordou, mas eu demorei um pouco a considerar a ideia, eu tinha medo... Não seria tudo prematuro demais?

Segundo a minha mãe, eu estava sendo boba. Não poderia crucificar todos os homens do mundo por conta dos erros de alguns. Esta ideia martelou em minha cabeça até eu ter certeza de que ela tinha razão.

A vida sempre nos dá oportunidades, depende de nós aceitá-las.

# Capítulo 6

Eu iria me mudar para a casa de Matthew. Estava convencida de que era uma boa ideia, mas não posso dizer que aquilo era fácil para mim.

Mark me marcara de uma forma que eu temia errar novamente. Pois sabia o preço alto de uma escolha equivocada.

Estava visitando um psicólogo, não existiam muitas opções em Brewster, mas eu tinha noção da importância que aquilo poderia ter pra mim. Ninguém passava pelo que passei sem guardar traumas e inseguranças.

Cinco dias após a decisão de dar uma chance a um novo relacionamento, chamei Thomas para conversar. Não eram apenas as minhas opiniões e decisões que contavam, afinal. Isto seria uma grande mudança de cenário para o meu filho e por mais animado que parecesse estar de conviver com Matthew, eu precisava ter certeza.

— Thomas? — Chamei enquanto entrava no quarto de hóspedes da casa dos meus pais.

Ele estava deitado de forma esparramada na grande cama de casal, assistindo a um desenho que, de certo, era o seu preferido.

— Mãe! Eu acho que podemos ter um Scooby-Doo! — disse animado, olhando-me.

Eu ri e me sentei ao seu lado.

— Um Scooby-Doo? Você já viu o quanto ele come? — fiz uma careta, sinalizando a cena onde o cachorro de forma cômica enfiava todo um sanduíche na boca. — Teríamos que cozinhar o dia todo! — lamentei.

Ele gargalhou e estendeu os braços em minha direção. Claramente solicitando minha aproximação.

Peguei-o em um abraço, sentando-o sobre minhas pernas.

— O que acha de conversamos um pouquinho? — indagüei.

Ele alternou seu olhar entre meu rosto e a televisão.

— Tudo bem... Mas, posso ver mais desenho depois? — perguntou de forma manhosa.

Olhei-o por uns segundos e me recordei de quando Matthew comentou ter ser surpreendido com a edução de Thomas ao falar com as pessoas.

Tinha que confessar que muitas das vezes, até eu me surpreendia.

— Claro — respondi, enquanto desligava a televisão. Ele pegou o controle de minha mão e ficou brincando com as teclas. Acariciei seus cabelos por uns segundos até voltar a falar. — Você gosta do Matthew, não é?

— Gosto, mamãe. Ele é legal com a gente — respondeu distraído.

— Eu também acho. E está feliz com a ideia de morar com ele? — ele pareceu perder o interesse nas teclas coloridas do controle remoto e me olhou.

— O Mark não vai com a gente, né?

— Não, meu amor. Eu e o seu pai não voltaremos a ficar juntos.

— Então, estou feliz — Deus de ombros. — O Matthew brinca comigo e não grita quando não te chamo de senhora.

Eu sorri e acariciei suas bochechas.

— Você preferia ficar aqui na vovó?

— Aqui é legal, mas... — Suspirou e pareceu pensar por um momento. — Não tem o meu amigo médico, mamãe — disse como se fosse óbvio.

Gargalhei e o abracei.

— Entendi. Eu só queria ter certeza se você estava feliz com o Matt por perto.

— Ele não machuca você, então pra mim está tudo bem — disse baixinho.

Respirei fundo e botei-o na cama.

— Então, está tudo bem pra mim também — sussurrei.

Liguei a televisão onde Scooby-Doo ainda passava e deitei ao lado meu filho por horas a fio.

Eu estava me acostumando com a nova casa e a rotina de morar com Matthew, havia me surpreendido como ele se empenhava em manter tudo em seu devido lugar.

Uma noite, enquanto nos preparávamos para dormir, indaguei se ele sempre foi assim. Não estava acostumada a ter tão pouco trabalho doméstico.

— Minha mãe ainda era casada quando eu nasci. Mas não durou muito, então eu e o Max tivemos que aprender a cooperar em casa. Não posso reclamar — deu de ombros. — Isso facilitou muito a minha vida quando fui morar sozinho.

— Você gostava de ajudá-la? — perguntei curiosa.

Ele deitou ao meu lado e apagou a luz do quarto, deixando apenas a claridade do abajur.

— Não é ajudar... Era minha obrigação. Eu morava na casa tanto quanto ela, por que teria que fazer tudo sozinha?

Pensei por um momento e concordei. Ele tinha razão.

Eu não conhecia muito do mundo exterior e nem de homens no geral, mas sabia que aquele não era um ponto de vista popular, pelo menos aqui em Brewster.

— Faz sentido — sussurrei.

— Além do que, quando você conhecer a Dona Laila, vai entender que se Max e eu não andássemos na linha, ela chutava nossas bundas — riu.

Eu sorri e imaginei que a mãe de Matthew parecia ser uma grande mulher.

— VOCÊ TEM CERTEZA DISSO, PRÍNCIPE? — PERGUNTEI PELA milésima vez. Thomas rolou os olhos para mim e riu.

— Sim, mamãe, vou ficar bem. — Ele me abraçou e segurou a mão da minha mãe, que me olhava com um sorriso.

— Vou cuidar bem dele, Amy.

— Obrigada, mãe.

Minha mãe, Carla, alegava estar com saudades do neto, assim como meu pai, por isso Thomas ficaria com eles durante o fim de semana. Carla me deu um beijo leve na bochecha já cicatrizada e saiu, levando Thomas consigo.

Senti a presença de Matthew antes de vê-lo. Ele passou a mão por minha cintura e me puxou para ele, encostei minha cabeça em seu ombro e acenei para Thomas.

Meus pais haviam ficado surpresos quando apresentei Matthew e disse que ele era tudo que eu queria, e mais ainda quando me mudei para a casa dele.

Na época, a primeira coisa que fiz ao sair do hospital foi ir à delegacia denunciar Mark por agressão e ameaça. Fiz todos os exames necessários e Matthew, como médico, relatou todas as lesões que eu havia sofrido, reuni todas as provas que podia contra ele. Mark estava sendo procurado, mas, até o momento, continuava desaparecido.

— Thomas vai ficar bem — sussurrou, beijando meu pescoço.

Estremeci e sorri.

Matthew me fazia sentir tantas coisas novas... Tratava-me com tanto carinho e delicadeza...

— Eu sei. Só é estranho. Nunca o tive longe de mim.

— Vai ser estranho pra mim também, não ter alguém fazendo perguntas o tempo todo — gargalhei e mordi os lábios.

Thomas andava atrás de Matthew quase o tempo todo, perguntando um milhão de coisas sobre ser médico, sobre futebol e os mais variados assuntos. Matthew se divertia e eu ficava cada vez mais confiante de que finalmente tinha feito a coisa certa.

Fechei a porta de casa e suspirei. Agora éramos eu e ele.

— E aí? O que vai querer pro jantar? — ele perguntou, me soltando e indo para a cozinha.

Nesse tempo que estávamos juntos ele não havia me deixado ir para a cozinha uma única vez, por mais que eu tivesse insistido.

— Não! Volta aqui! — Fui atrás dele rindo e o impedi de abrir a geladeira, ficando na frente dela. — Hoje eu cozinho e não aceito não como resposta.

Ele riu e passou a mão na nuca. Um gesto totalmente sexy que me fez morder os lábios. Cruzei os braços e tentei me fazer de séria.

Ele riu e se aproximou prensando-me contra a geladeira. No começo do nosso relacionamento, gestos como esses me deixavam assustada. Levei um tempo para superar pequenas coisas, vivia tensa e, até acostumar com os toques de Matthew, passei por alguns sustos. Porém, com a ajuda de um terapeuta, consegui superar a aversão ao toque.

— Tudo bem, hoje você venceu. — Eu ri e enlacei meus braços em seu pescoço.

Ele colou seus lábios nos meus e gemi de satisfação. Só os beijos de Matthew conseguiam me colocar em chamas... Coisa que nunca havia acontecido no tempo de Mark.

— Amy...Você me deixa louco — ele sussurrou, com a boca colada em minha orelha. — Sou completamente seu.

Meu coração se encheu de alegria e eu sorri, abraçando-o para, logo em seguida, beijá-lo novamente.

— E eu, completamente sua.

— Ah, meu anjo... — sussurrou e beijou meu pescoço.

— Não, Matthew... Você é o meu anjo.

Ele gemeu e naquele momento eu soube que o jantar teria de esperar, pois o meu desejo por ele não podia mais ser posto de lado. Matthew me pegou no colo com facilidade e não parou de me beijar, eu gemia e apertava suas costas.

Rimos quando ele se desequilibrou na escada e teve de parar de andar. Culpa minha que o apertava cada vez mais contra mim.

Em poucos segundos eu estava em nossa cama e, pela primeira vez em toda a minha vida, senti uma felicidade imensa por causa do que estava prestes a fazer. Eu esperava que fosse mesmo bom, já que nunca havia tido a chance de experimentar o prazer de que tantos falavam. Não com o ogro com quem era casada. Mas eu sentia, meu corpo clamava por Matthew, eu estava quente e pronta para recebê-lo. Ele beijava todo o meu rosto, além dos lábios, e eu ria.

Nunca pensei que isso pudesse acontecer comigo. Nunca pensei que poderia ser feliz e livre. E isso foi uma escolha minha.

Matthew, com certeza, me ajudou muito no caminho que percorri, mas para chegar aonde estou agora foi necessária uma força que não sabia que tinha. Ninguém mais poderia escolher o meu destino e o do meu filho, a não ser eu mesma.

Ser agredida, humilhada ou ridicularizada nunca, jamais, pode ser a realidade de uma pessoa. A liberdade é um direito de todos os seres humanos. Não importa a sua aparência, sua classe social, idade... Tudo que precisamos é escolher isso, sentir isso e batalhar incansavelmente até que tenhamos.

Matthew me olhava com admiração enquanto sua boca deslizava por meu corpo. Minha cabeça vagou por todas essas semanas que eu havia passado ao lado dele, em sua casa reconfortante, com a sua presença deliciosa ao meu lado, nossas conversas, brincadeiras e carícias. Eu me sentia completamente certa estando nos braços de Matthew, sentindo-o explorar meu corpo, sentindo-o me desejar da mesma forma que eu o desejava. É assim que deve ser um casal. Agora eu sabia.

Meu sutiã já estava no chão, e a cada carícia e lambida que Matthew depositava em meus seios eu me contorcia de prazer.

Nossa, como aquilo era bom!

A constatação do meu desejo me assustou por alguns minutos, eu nunca havia sentido nada igual. E logo soube o porquê. Simplesmente eu nunca havia sido tratada daquela maneira, com carinho, paciência, dedicação... Não importava se Mark era meu marido, meu corpo não podia responder a ele, já que minha mente o repudiava. Eu estava errada em todos os anos do meu casamento, eu não era frígida. Só não era respeitada e amada.

Tirei a camisa de Matthew e apreciei seu corpo. Seja externamente ou interiormente, Matthew era maravilhoso.

Perdi a linha do pensamento e me deixei levar, logo nossas roupas estavam jogadas pelo quarto e eu sentia suas mãos e boca em todo o meu corpo, como se deixasse rastros de fogo por minha pele. Meus gemidos ficaram cada vez mais altos e algo inesperado me aconteceu. Matthew depositou beijos em minha intimidade e logo depois a abocanhou.

*Oh, meu Deus!*

Aquilo era prazer... Aquilo era o que eu nunca tive.

Eu me contorcia na cama e ele gemia de satisfação ao sentir o meu gosto. Minhas costas arquearam e gritei seu nome, chegando ao ápice em poucos minutos.

Em tantos anos de casada eu nunca havia sentido nada igual.

— Ah, Amy... Por onde você estava todo esse tempo? — Matthew sussurrou, e eu gemi.

Abri os olhos e o encarei com um sorriso bobo nos lábios.

— Esperando você. — Ele sorriu e me beijou.

Finalmente eu me sentia em paz, segura e feliz. Ali, nos braços dele. Matthew me botou por cima e riu quando arregalei os olhos, ele estava me deixando no comando. Sorri travessa e direcionei seu membro para minha intimidade. Fechei os olhos ao senti-lo entrar em mim. Como isso poderia ser tão bom?

Matthew gemeu alto e jogou a cabeça para trás, segurando em meu quadril, ajudando-me a me movimentar. A cada investida, tudo ficava mais vivo e mais intenso e eu me sentia mais completa. Matthew deslizou a mão pelas minhas coxas e abriu os olhos, me fitando enquanto eu descia e subia, chocando-me com seu corpo.

Não era a minha primeira vez no sexo, mas era a primeira vez que eu sentia algo que não envolvesse dor. Eu não me sentia um objeto, algo sujo, muito pelo contrário. O olhar de Matthew demostrava seu amor e seu prazer. Eu me sentia sensual e capaz de dar e receber prazer.

Meus gemidos viraram gritos e Matthew beijou meus lábios com voracidade. Exatamente como eu queria.

— Tão linda... Tão gostosa.

Suas palavras só me estimulavam mais e em um átimo eu estava embaixo dele. Matthew me avaliava e parecia gostar do que via, o misto de sensações que me causava a cada toque e investida era maravilhoso.

— Ah, *baby*...

— Matthew... — gemi.

Matthew deslizou os dedos por meu corpo até chegar em meu clitóris, acariciando-o.

Eu estava cada vez mais perto de algo pouco conhecido e absurdamente bom… Gritando seu nome cheguei ao ápice novamente. Matthew mordeu de leve meu pescoço e se liberou dentro de mim.

*Meu Deus, o que foi isso?*

Minha mente estava completamente confusa. Nunca havia feito algo tão intenso.

— Amy… — ele gemeu.

Seu corpo caiu sobre o meu e deslizei meus dedos entre seus cabelos, como sempre quis fazer. Lágrimas de felicidade inundaram meus olhos, escorrendo até meus lábios, e um sorriso bobo cresceu em meu rosto.

— Obrigada... — sussurrei entre arquejos.

Matthew saiu de cima de mim e se deitou ao meu lado, puxando-me para ele.

— Uau... — ele disse e riu.

Eu ri com ele e nos fitamos em silêncio.

Tudo estava ali naquele momento, totalmente transparente. Eu podia ver admiração, felicidade e emoção em seu olhar.

Finalmente, eu havia achado a minha felicidade.

— Eu te amo, Amy. Obrigado por me deixar entrar em sua vida. Nunca mais você irá sofrer, não vou permitir que ninguém a machuque, nem você e nem o Thomas.

Lágrimas escorreram por meu rosto e não pude evitar sorrir.

— Amo você também, Matthew... Mais do que jamais imaginei.

Seus dedos deslizaram para o meu rosto suavemente e fizeram um carinho em minha bochecha.

Já era noite quando saímos da cama, descemos as escadas de mãos dadas e fui para a cozinha fazer nosso jantar. Matthew arrumaria a mesa.

Estava cortando alguns tomates quando ouvi um barulho já conhecido. Era um carro e eu tinha quase certeza de que sabia de quem era. Antes que pudesse fazer qualquer coisa, ouvi um barulho. Segurei a faca grande com mais força e silenciosamente fui até a sala, esperando ver Matthew. Mas não era ele ali, e sim o causador de toda a minha dor.

Mark!

Ele segurava um revólver e, no momento em que me viu, sorriu com escárnio.

— Então, é verdade... A putinha veio mesmo morar com o amante.

Sua voz me encheu de raiva. Por que ele tinha que aparecer e estragar tudo? Minha vida estava finalmente mudando, melhorando... Ignorei a arma apontada para mim e ergui a cabeça. Eu nunca mais abaixaria a cabeça para homem nenhum.

— O que você quer, Mark? — falei.

Ele me avaliou e franziu o cenho em nojo. Eu vestia apenas uma camiseta de Matthew.

— Vim pegar minha esposa e meu filho de volta. Mas, pelo que vejo, você já andou abrindo as pernas por aí, não é, Amy?

Eu não sabia onde estava Matthew, mas torcia para que ele não aparecesse agora.

— Eu deixei bem claro, Mark... Não quero mais nada com você. Você me espancou, me jogou da escada... É assim que acha que deve tratar as pessoas? Com violência quando é contrariado?

Ele segurou a arma com mais força, apontando-a exatamente para o meu peito.

— E eu deixei bem claro, Amy, que se te pegasse com outro homem, mataria você e ele — rosnou.

E foi nesse momento em que tudo aconteceu.

Mark apertou o gatilho ao mesmo tempo que Matthew apareceu na porta, jogando-o para o lado.

Esperei a dor me atingir, mas não aconteceu. Em vez disso ouvi o barulho de algo deslizando pelo piso e, para minha surpresa, a arma estava aos meus pés e a bala havia pegado de raspão no meu braço, criando uma ardência considerável, senti parte da camisa colada à pele, por conta do sangue.

Mark e Matthew se embolavam no chão e eu apertava tanto a faca em minha mão, que chegava a doer. Mark era três vezes maior que Matthew e era um ex-atleta, porém os dois pareciam em um empate.

Peguei a arma que estava aos meus pés, com uma mão, e preparei para atirar.

— Solte-o! — gritei.

Mark parou por um momento e sorriu, saindo de cima de Matthew.

— Vai atirar em mim, querida? — disse, com ironia.

— Amy! — Matthew gritou.

Matthew estava sangrando e meu coração bateu mais forte. Mark se levantou e se aproximou de mim lentamente.

Eu poderia matar um homem? O homem que me fez sofrer todos esses anos? Que causou dor não só a mim, mas também ao meu filho?

*Ele merece... Merece a morte.*

Mas eu não merecia sujar minhas mãos com o seu sangue. Chorando e fraca, o vi se aproximar e não consegui apertar o gatilho. Matthew me olhava em pânico e tentava levantar.

Mark parou a centímetros da arma e me olhou irônico.

— E aí? O que vai ser, cadela?

Minhas mãos tremiam, uma segurando a arma e a outra, a faca. Abaixei a arma e o olhei com raiva.

*Por que, Amy? Por que tão fraca?*

Ele merecia a morte, mas, ao mesmo tempo, eu não conseguia dá-la a ele.

No segundo em que abaixei a arma, Mark me deu um soco na barriga. A faca e a arma caíram de minhas mãos e gritei de dor. Mark pegou a arma e rapidamente a apontou para Matthew, ali senti o pânico me tomar. Eu não podia deixar o Mark tomar conta da situação, não de novo.

Rastejei pelo chão, ignorando as dores que sentia no corpo, e peguei a faca.

Eu não tinha mais escolha.

No momento em que Mark se preparava para puxar o gatilho e acertar Matthew, cravei a faca em sua nuca. Um grito abafado saiu de sua garganta e a arma deslizou de sua mão.

Caí no chão, entregando-me às dores pelo corpo, e olhei quando Mark cuspiu sangue e caiu de joelhos em minha frente, para logo depois tombar para o lado, ficando imóvel para todo o sempre.

# Capítulo 7

*Sangue.*

*Ele estava em todos os lugares.*

*Escorrendo entre os meus dedos, preso em minhas roupas.*

*Como em um filme de terror, eu era a protagonista da história, uma assassina.*

*Meus olhos arregalados não acreditavam no que viam, um homem... morto.*

*Uma faca em minhas mãos.*

*Sangue.*

*— Assassina! Assassina! — a voz dizia.*

*E, de repente, eu não estava mais sozinha, havia um homem ali.*

*Um homem morto.*

*— Assassina! — Mark disse, emergindo à minha frente. Eu o havia matado com as minhas próprias mãos. Não era sonho e, sim, um pesadelo.*

— Amy, você quer me contar sobre os sonhos?

O Dr. Heller me olhava atentamente, como se aquela fosse a nossa primeira sessão, quando, na verdade, era a décima.

— Pesadelos — murmurei.

— Sim... Pesadelos. Quer me contar sobre eles? — perguntou novamente.

Eu levantei a cabeça e fitei os olhos escuros do senhor de meia-idade. Sua pele negra parecia brilhar com a luz, seu olhar era atento e sua postura, impecável. Ele parecia muito sábio, e eu vinha descobrindo que, realmente, era mesmo. O Dr. Heller vinha aguentando minhas inúmeras crises após a morte de Mark com muita calma.

— Eu o matei — comecei. — Sou uma assassina. Ele me chama de assassina.

— Você se defendeu. Amy, você impediu a *sua* morte. E a de Matthew também — ele explicou com a voz calma. — Legítima defesa — frisou.

Sim, eu havia passado por todos os procedimentos policiais para provar minha defesa. Mas isso não me fazia inocente.

— Eu matei o meu ex-marido, o pai do meu filho. — Chorei incontrolavelmente.

Talvez o problema fosse que eu não conseguia absorver o que havia acontecido. Era como ter uma lembrança sem recordar de quando havia acontecido.

Não houve um turbilhão de emoções dentro de mim, na hora eu só agi. Simplesmente soube o que tinha de fazer. Eu me sentia confusa, não arrependida, mas extremamente perdida.

O Dr. Heller me estendeu uma caixa de lenços e pegou uma de minhas mãos.

— Amy, o que você quer? — indagou.

Ele me fazia a mesma pergunta em todas as sessões, e eu nunca respondia. Eu sabia o que queria, só não conseguia lidar com o que havia feito.

Deixei o silêncio pairar sobre a sala e refleti sobre tudo o que eu tinha agora, e tudo que eu poderia ter.

— Eu quero viver — respondi firme.

Eu queria viver por mim, por Thomas e por todos aqueles que eu amava.

*Chega de sobreviver.*

— Olhe para frente. O que você quer? — Ele tocou em meus ombros de maneira suave e olhou em meus olhos.

— Eu quero ser feliz, quero superar o que aconteceu. Quero construir uma vida e ter orgulho de quem eu sou — respondi firme.

Ele sorriu.

*Caramba, ele sorriu!*

— Aí está! Você tem a sua resposta. Amy, pare de viver no passado, ele tem que ficar lá. Pense no futuro. Pense em onde você quer chegar. Lembre-se que da sua vida, do seu caminho, só você pode saber. A morte de Mark precisa ficar onde deve. No passado. Já não é mais problema seu.

Eu sabia. Sabia que teria de deixar a história de Mark e Amy partir, se quisesse aproveitar o que eu tinha agora.

A história de Amy e Matthew precisava ser escrita. Eu precisava aprender a aproveitar quem eu era agora.

O testamento de Mark seria lido na semana seguinte e eu não podia deixar de sentir um embrulho no estômago. Não havia nada daquele homem que eu quisesse. Porém, não era assim que meu pai pensava. Eu havia me casado com Mark para salvar a minha família, e agora que ele se fora, Henry exigia que eu pegasse o que era meu. Ou melhor, dele. De forma alguma eu concordava que ele tivesse acesso a mais dinheiro da família dos Bennett. Mark já havia negociado tudo com ele há anos.

Só havia uma pessoa que me faria estar sentada e disposta a ouvir o testamento do meu ex-marido. Thomas. Ele tinha direito sobre os bens, afinal, Mark era seu pai. E eu sempre daria tudo que pudesse ao meu filho.

Tomada esta decisão, na semana seguinte ouvi tudo que o advogado tinha para ler e guardei a parte de Thomas e a minha. Eu sabia que jamais tocaria naquele dinheiro e seria escolha de Thomas o que fazer com aquilo dali a alguns anos.

Obviamente, meu pai não se deu por satisfeito. E mais uma vez tentou agredir-me com seus jogos psicológicos. Apenas observei-o e esperei que terminasse. Ali, determinei que era melhor que ele não fizesse mais parte da minha vida, eu não seria ameaçada e nem controlada por qualquer pessoa. Não depois do que já havia passado.

Minha mãe estava livre para embarcar comigo nesta decisão, eu havia deixado claro que daria todo o apoio que pudesse a ela. Mas, infelizmente, Carla tinha mais medo do que coragem dentro de si mesma.

O meu reflexo no espelho mostrava uma garota bonita, branca, de olhos verdes e cabelos loiro-escuros até a cintura, lábios vermelhos e volumosos. Havia círculos escuros embaixo dos olhos por conta das noites maldormidas.

Já havia se passado algum tempo desde a morte de Mark e eu não podia mais conviver com esse reflexo. Precisava mudar e ver que era realmente outra pessoa. Por mais que sentisse isso, a necessidade de olhar algo diferente se apoderou de mim.

Fui ao banheiro, pegando tudo de que precisava, e enfiei minha cabeça na pia espaçosa. Molhei meus cabelos e depois espalhei a tintura por todos os fios.

Agora sim eu tinha certeza de que estaria diferente, de que havia deixado a antiga Amy para trás.

Agora eu era outra.

Mãe, namorada e estudante de Design.

Não havia mais feridas a serem curadas e nem mais nada a fazer, só ser feliz ao lado do meu filho e do meu amado.

Esperei alguns minutos e lavei a tinta dos meus cabelos. Peguei o secador e sequei as madeixas rapidamente, já me sentindo renovada com a minha nova imagem no espelho. Cabelos ruivos intensos.

Essa era a nova Amy.

Uma mulher amada, forte, livre e em paz consigo mesma.

Desci as escadas com um sorriso de orelha a orelha e gargalhei da cara que Matthew e Thomas fizeram ao me ver.

— Meu Deus! — Matthew disse com um sorriso. — Está linda.

— Nossa, mãe! Está... *wow*! — Eu ri de sua gíria e fui até ele, abraçando-o.

— Obrigada, príncipe. — Ele riu e me abraçou de volta. Olhei para Matthew e sorri encabulada.

Muitas das mudanças positivas em minha vida eu devia a ele. Matthew me transformou e ajudou, quando ninguém mais o fez, quando eu não tinha mais esperanças. Eu havia sido dilacerada, humilhada, presa e infeliz. Eu agora estava forte, amada, livre e em paz comigo mesma.

Segurei sua mão e colei nossos corpos.

— Obrigada, anjo... — sussurrei. Ele beijou minha testa e suspirei de satisfação sentindo seus braços em volta de mim.

Finalmente, o meu coração, que havia sido partido, estava se recuperando outra vez.

# Capítulo 8

Tudo era absurdamente diferente entre mim e Matthew, não havia um dia sequer que eu me arrependesse de o ter aceitado em minha vida e na de Thomas.

Em cada gesto, olhar e sorriso, via seu amor transbordar por nós. Eu finalmente sabia o que era um relacionamento saudável e feliz.

Não me lembro mais da última vez que chorei ao dormir, ou que tive medo do que aconteceria no dia seguinte. Eu me sentia forte como nunca havia sido antes. Viva por dentro. Tão diferente do que costumava ser...

Levantei meus olhos e joguei o livro que estava em minhas mãos pro lado; já tinha perdido a concentração há horas e lido o mesmo parágrafo quinhentas vezes. Estava preocupada e muito tentada a pegar o celular que estava no criado-mudo.

Matthew e Thomas sumiram o dia todo. Acordei um pouco mais tarde que o normal e os procurei por toda a casa, mas não achei nenhum sinal dos dois. Pacientemente, tentei deixá-los ter seus momentos pai e filho; porém, quanto mais as horas passavam, mais curiosa eu ficava para saber o que os dois estavam aprontando.

Suspirei dramaticamente e levantei da cama, fui até o closet e peguei meu biquíni. Desde que Matthew e eu nos mudamos do Kansas para Los Angeles, eu adquiri o hábito de pegar sol na piscina com Thomas. Ele amava uma bagunça.

Era raro Matthew poder estar junto conosco nesses momentos, ele era um médico renomado e por isso trabalhava bastante. Eu não podia culpá-lo, também trabalhava bastante e, quando nós dois chegávamos em casa, tentávamos dar o máximo de atenção possível para Thomas. Ao contrário de algumas crianças, ele não ficava magoado com a nossa ausência, pelo contrário, sempre nos recebia com muitos abraços e beijos, além de longas conversas sobre o seu dia. Era realmente gostoso assistir meu filho crescer, descobrir novas coisas e saber o que era ter um pai que o amava e uma mãe que daria a vida por ele.

Peguei uma toalha grossa e felpuda e a pendurei nos ombros, não me preocupei em pôr nada por cima de meu biquíni, já que eu estava sozinha. Já na metade da escada, escutei um alvoroço na porta da frente. Thomas estava gritando alguma coisa e Matthew ria sem parar; havia outro som, que parecia ser de latidos e coisas sendo arranhadas por unhas curtas.

Arqueei uma sobrancelha e fui até a porta, mas antes que eu pudesse esticar a mão para a maçaneta, ela se abriu e algo branco com manchas marrons passou por entre minhas pernas com uma velocidade absurda, saindo pela porta que dava para a parte detrás da casa.

— Ai, meu Deus! O que foi isso? — perguntei, olhando de olhos arregalados a porta por onde a mancha branca e marrom correra.

Matthew entrou com Thomas e trancou a porta, os dois me olhavam com expectativa.

— Aquilo, anjo, é o presente de aniversário do Thomas, adiantado. — Matthew passou a mão pela cabeça de Thomas, que riu e veio até mim, beijando minha testa quando o peguei no colo e fazendo um sorriso largo se formar em meus lábios.

— Matthew, ele só vai fazer aniversário daqui três meses. — Cruzei os braços e avaliei os dois calmamente.

Thomas estava com um sorriso sapeca nos lábios e Matthew agora parecia um pouco ansioso.

— Mas mãe... Não tem problema, tem? O Calvin é legal, só é um pouco... — Thomas interrompeu sua fala por causa de um barulho enorme que veio da parte detrás da casa, algo se estilhaçando no chão.

— Algo me diz que isso foi o vaso que a sua mãe trouxe da Índia... — falei tensa.

— Tá! Tudo bem! Ele é um capetinha. Mas eu prometi um cachorro ao Thomas desde que ele tinha cinco anos! — Matthew disse, com um sorriso, olhando para Thomas, que parecia implorar para que eu não rejeitasse o filhote louco. — E como ele já vai fazer dez...

E de repente o cão estava na sala de novo, dessa vez veio andando calmamente, de uma forma engraçada, como se rebolasse, e deitou sobre as patinhas, fitando-me com grandes olhos castanhos e pidões. Olhei-o em desafio e, incrivelmente, ele continuou me encarando e piscando os olhinhos docemente. Isso era possível, não era?

Aos poucos, sem que eu me desse conta, um sorriso largo se formou em meus lábios, ele parecia tão inocente...

— Owwwn, ele é tão fofo! — eu disse rendida. — Tudo bem! O Calvin pode ficar e talvez ele não seja tão pestinha assim.

Aproximei-me do filhote de Beagle e estendi minha mão. Em sinal de curiosidade e reconhecimento, ele a cheirou e lambeu, soltando um espirro logo depois. Matthew riu e o cão arregalou os olhos e começou a correr em círculos. Afastei-me e olhei horrorizada a cena, ele estava tentando comer o próprio rabo?

— Calvin! O que você tá fazendo, bobão? — Thomas tentou se aproximar e Calvin latiu, correndo desgovernado pela sala.

Eu e Matthew olhamos estáticos enquanto o cachorro subia na mesa de vidro e derrubava todos os vasos de decoração e porta-retratos, fazendo uma imensa bagunça em segundos.

— *Okay*, eu retiro o que eu disse. Ele é um completo pestinha. Calviiiin! — gritei.

O sol estava forte e mesmo assim eu me recusava a entrar. A cena em minha frente era bela demais para deixar de ser assistida.

Enquanto eu pegava um pouco de sol, Matthew carregava Thomas e Melanie de cabeça para baixo, depois de os dois muito insistirem por isso.

Eu sentia um misto de preocupação e felicidade. Lógico que meu namorado nunca os deixaria cair e logo os dois estavam no chão, correndo em minha direção com grandes sorrisos estampados nos rostos, e ao lado deles, também correndo, estava Calvin, o mais novo membro da família.

— Esse Calvin é uma figura, não é? — Tess, a cunhada de Matthew perguntou, enquanto terminava de ajeitar a mesa do almoço.

— Demais, já chegou quebrando a casa toda. — Eu ri e ela me acompanhou.

— Mas pensa bem, Amy, agora Thomas terá mais uma distração pra quando você e Matthew estiverem trabalhando — Max, que abraçava Tess de lado, falou.

— É, esse foi um dos motivos pelos quais aceitei ficar com ele.

Olhei os dois e sorri. Uma sensação de gratidão tomou conta de mim. Na primeira vez em que fui à casa de Matthew, conhecer sua família, Tess e Max foram os mais comunicativos e os que fizeram com que eu me sentisse realmente confortável.

Em todos esses anos em que Matthew e eu estamos juntos, Melanie e Thomas não se desgrudaram, e eu e Tess achamos que isso poderia florescer mais tarde. Max morre de ciúmes de Melanie e odeia que falemos sobre isso. Já Matthew fica animado com a possibilidade. Os dois irmãos viviam discutindo por causa disso.

— Já sabe o que fazer no seu aniversário, Amyzinha? — Max perguntou com um sorriso sacana.

— Não faço ideia — suspirei.

Não conhecia o significado de comemorar um aniversário, até estar com Matthew. Mark nunca fez questão, e o máximo que eu tinha era um beijo bem gostoso do meu filho.

— Hmm... Uma festinha de garotas, talvez? — Tess disse, com cara de sonhadora e os olhinhos já brilhando.

— Estou sentindo que vai dar merda — Max resmungou.

Já havia anoitecido e Thomas sucumbiu aos braços de Morpheus logo depois de se despedir de Melanie. Os dois eram realmente inseparáveis.

Suspirei alto e passei meu vestido pela cabeça. Rapidamente, tirei a roupa íntima e paralisei alguns segundos com a mão na maçaneta da porta do banheiro. O cheiro de sabão e vapor estava forte, Matthew já estava lá há um bom tempo, talvez me esperando. Deslizei pela porta e sorri com a sensação do vapor quente e acolhedor sobre a minha pele.

— Finalmente, anjo — Matthew sussurrou. Então eu estava certa, ele estava me esperando.

— Estava observando o Thomas... Quando foi que ele cresceu daquele jeito?

Matthew riu alto e eu ri de mim mesma. Típica frase de mãe desesperada porque seu bebê está crescendo.

— Acho que você está ficando velha, amor... É a lei natural da vida — riu debochado.

Fiz careta e entrei no boxe, apreciando a visão de seu corpo atraente.

— Velha, é?

Ele se afastou e avaliou descaradamente cada centímetro do meu corpo nu. Percebi seus olhos se arregalarem um pouco, ele engolir em seco e a sua respiração ficar mais rápida. No momento em que ele lambeu os lábios, eu sorri vitoriosa e colei meu corpo ao dele.

— Velha sim... Mas ainda dá para tirar uma casquinha — ele sussurrou no meu ouvido e riu em seguida. Eu ri alto e esfreguei meus seios em seu peitoral másculo. — Definitivamente uma grande casca — ele disse e em seguida capturou meus lábios com os seus.

Em uma das tardes em que Matthew e eu resolvemos mostrar a bela Los Angeles para minha sogra, Laila, ela pediu para ir à praia. Thomas não poderia ter ficado mais satisfeito, já que ele tinha uma paixão especial pelo mar. Em poucos segundos, Matthew e Thomas já estavam na água, enquanto eu e minha sogra aproveitávamos o sol.

Laila não desgrudava os olhos dos meus dois meninos e parecia cada vez mais emocionada.

— Sabe, querida, sou muito grata por você ter aparecido na vida do Matt. — Abri os olhos e me ajeitei na cadeira de praia, voltando toda a minha atenção para minha sogra. — Ele me contou toda a história, você é muito forte, Amy.

— Você não faz ideia, Laila... Ele me ajudou muito.

— Eu acho que faço. Antes de você, Matthew teve uma noiva, ele a amava muito e os dois pareciam felizes juntos. Até que... — Ela hesitou e olhou-me nos olhos. Pareceu se dar conta de que eu nunca tinha escutado essa história antes e desviou o olhar. —

Ele voltou mais cedo de um plantão e a achou completamente surtada.

Assustada e ao mesmo tempo alarmada, arregalei os olhos.

— O que ela tinha? — perguntei baixinho.

— Abstinência. Foi um romance repentino e confesso que meu filho foi um pouco precipitado em pedir Sabrine em noivado tão rápido... Ela era usuária de drogas e fez tudo para que ele não descobrisse. Matthew lutou por muito tempo para ajudá-la, mas a verdade é que ela não queria ser ajudada. Ou não tinha mais forças. As coisas só pioraram e ela começou a traí-lo com outros homens e mulheres. Matthew a pegava em situações cada vez piores, até que se forçou a desistir e seguir seu próprio rumo. Acho que Sabrine ficou feliz, a coitada já estava tão perdida que não queria ser impedida. Ele só estava perturbando-a ainda mais.

Olhei para o homem feliz que brincava alegremente com o *nosso* filho no mar da linda praia e reprimi o gemido de frustração. Se eu fosse Sabrine, teria lutado contra qualquer vício para ter uma vida feliz com Matthew, mas eu sabia que não era uma questão de luta, mas sim de doença. Eu me questionava o porquê de ele não ter me contado toda a história. Ele já sabia de toda a minha humilhante vida...

— Eu não sabia... Matthew apenas mencionou que tinha uma noiva, porém disse que não valia a pena entrar nesse assunto.

— É, ele não gosta de falar disso. Não é por falta de confiança, Amy, é por dor. Ele realmente gostaria de tê-la ajudado mais. Demorou muito tempo para se recuperar depois de tudo, e eu via a cada dia o meu menino definhar dentro de si mesmo. Quando a chance de trabalhar no Kansas apareceu, insisti muito para que ele a aceitasse.

— Matthew sempre me pareceu tão cheio de vida... Não consigo imaginá-lo destruído. Nunca lhe faltaram forças para me ajudar.

— Eu sei, querida, e por isso sou tão grata. Eu vi a felicidade de novo nos olhos de Matthew, e isso não é algo que eu possa ignorar. Você e Thomas são um presente.

Olhei para o meu filho, que nesse momento estava montado nas costas de Matthew, e ri.

— Thomas sempre foi minha fonte de vida, meu maior milagre. Só por esse motivo não me arrependo de ter casado com aquele ogro.

— Matthew e Max eram a minha luz. O pai deles não era lá dos melhores, sabe... — Rimos e ela pegou minha mão. — Você tem uma família agora. Todos nós te amamos.

As lágrimas já brotavam dos meus olhos e as palavras se ausentavam. Laila puxou-me para um abraço, que aceitei de bom grado, e ali senti algo parecido com o que sentia quando abraçava minha própria mãe. Amor.

A noite já havia caído. Eu estava exausta e me preparando para dormir. Matthew parecia estar na mesma, porém, ele também parecia ansioso. Como se quisesse falar alguma coisa. Não tardei a descobrir que eu estava certa.

— Minha mãe me disse que contou a você sobre Sabrine. — Sua voz estava trêmula e hesitante. Eu o olhei e não comentei nada.

Será que finalmente ele se abriria comigo sobre o seu passado?

Ele respirou fundo e sentou-se na beirada da nossa cama.

— Não tem um final feliz — avisou.

Continuei olhando-o, enquanto me aproximava da cama, acomodando-me no colchão macio. Seus dedos se entrelaçaram nos meus.

— Você quer me contar? — perguntei baixo.

A verdade é que eu queria saber o final da história.

— Eu não sei muito. Só o que me contaram... — Seus olhos se fecharam como se sentisse dor. — Ela andou por perto da minha antiga casa depois que nos separamos e Tess, minha cunhada, a viu. Os homens que trabalhavam nos bares da região disseram que não era raro Sabrine aparecer por ali. Ela começou a fazer programas e costumava passear com os homens com quem se relacionava. — Eu apertei sua mão e esperei suas palavras se arrumarem em minha mente.

Não podia imaginar como ele lidara com a situação na época e entendia por que resolvera ir para o Kansas. Ver que a ex-noiva virara prostituta não deveria ser nada fácil.

— Isso ainda machuca você, não é? — indaguei.

— Eu tentei, Amy, tentei ajudá-la. Só penso... Eu poderia ter... — Ele juntou as mãos sobre a cabeça e se calou.

Dei um tempo a ele e respirei fundo antes de falar.

— Amor, olha para mim — pedi.

Aos poucos, suas mãos se afastaram de sua cabeça e seu olhar prendeu-se ao meu.

— Você fez o que podia. Ela sabia que você estaria ali por ela. Só que ela estava doente, certo? — Ele confirmou calmamente com a cabeça e segurou minhas mãos mais uma vez. — Sabrine teve sua chance. Você deu isso a ela. Não se sinta egoísta por ter desistido. Ela estava fora de si — dei de ombros. — Cada um tem uma escolha. Você fez a sua, e ela... bem, deixe-a viver. Pode ser que um dia Sabrine consiga se curar.

Seus olhos verdes estavam com lágrimas não derramadas e ele me olhava maravilhado.

— Eu te amo, Amy. — Ele sorriu e se aproximou.

— Eu também. — Sorri e o beijei.

A música animada parecia irradiar por meu corpo, meus quadris pareciam ter vida própria.

Uma sensação de calor e satisfação me tomou quando Matt passou os braços em volta de minha cintura, movimentando-se comigo.

Eu ri baixinho como uma adolescente quando seus lábios passaram por meu pescoço. Seus braços fortes me pressionavam contra o seu corpo másculo. Oh, sim... Eu me sentia no céu.

— Ah, Amy, por que insiste em me provocar? Me sinto a droga de um adolescente com hormônios à flor da pele quando se trata de você — ele disse, com os lábios colados em meu ouvido.

Gargalhei e o som se misturou à música alta do local. Ah, como eu amava essa sensação de liberdade. Isso só era possível com Matthew.

Não sei quanto tempo ficamos ali dançando, rindo e nos divertindo; eu apenas não cansava, a sensação de ser feliz era a melhor do mundo! Em meio a uma de nossas danças, senti o celular de Matthew tremer dentro do bolso da frente de sua calça jeans.

— Aposto que é Tess — murmurei feliz.

Matthew sorriu e atendeu, puxando-me de leve para fora da pista de dança. Achamos uma varanda e ele começou a falar.

Como eu suspeitava era Tess, cobrando que eu estivesse na casa dela em no máximo meia hora. Ela e Julie — a melhor amiga dela e que acabou virando minha também — já estavam lá há horas e tinham preparado tudo para uma parte da minha noite.

Era 17 de março, meu aniversário. E depois de ser acordada com uma porção de beijos de Thomas e Matthew, ganhei café da manhã na cama, um lindo buquê de rosas brancas, do meu filho, e vermelhas, do meu amor, mais alguns presentes e várias ligações de sua família, me desejando o melhor dia possível. Todos se reuniram em nossa casa e cantaram "parabéns para você". Foi a tarde mais agradável que tive em tempos e, ao cair da noite, Matthew me arrastou para dançar e Tess já estava a ponto de surtar.

Claro que ela me devolveria para Matthew mais tarde, para que pudéssemos fechar a noite com chave de ouro, mas insistia em ter uma "comemoração privada de garotas".

Matthew estava hesitante com essa ideia de sua cunhada e eu entendia perfeitamente, já que da última vez que tivemos uma noite de garotas eu voltei "animadinha" para casa e ri tanto ao ponto de fazê-lo rir comigo. E depois o ataquei, fazendo-o ser meu escravo sexual por uma noite. Segundo ele, a hesitação vinha do fato de eu não estar acostumada a beber. É claro que eu o entendia, mas estava disposta a me soltar com as garotas, e eu respeitava meus limites.

A grande questão era que eu não precisava de nenhum álcool para tornar minha noite com Matthew mais que interessante, e a ideia de apenas ir para um ambiente privado com ele era altamente tentadora.

*Ir ou não ir nessa noite de garotas, eis a questão.*

A vida em Los Angeles pode realmente relaxar uma pessoa, as paisagens, o calor e os mil lugares noturnos para se divertir e apreciar homens de tirar o fôlego... *Okay*, estou bêbada, talvez seja por isso que não paro de divagar em minha própria mente.

— Amyyyyy! Para de olhar pro nada, vem dançar, gatinha. — Julie estava pior que eu e só consegui rir disso. Levantei-me da cadeira confortável e acolchoada e estendi os braços para ela, remexendo-me ao som de "Summer Love" do Justin "gostoso" Timberlake.

— A voz desse cara é orgasmante. — Tess gemeu enquanto passava as mãos pelo corpo e cantava a letra alto.

— Eu daria pra ele aqui e agora — Julie disse, e eu gargalhei. Tinha de concordar, o cara era um puta gostoso, sua voz era de matar, os olhos maravilhosos e a maneira como dançava eram de enlouquecer qualquer uma.

Matthew gargalharia se ouvisse meus pensamentos.

— Estão vendo, gatinhas? Por isso precisamos de uma festa de garotas de vez em quando, é sempre bom falar besteira sem os homens ciumentos por perto — Tess disse rindo e se desequilibrando um pouco.

— Ficar bêbada está no pacote, né? Porque sempre saio daqui trançando as pernas — resmunguei.

— S-E-M-P-R-E! Festa sem bebida não tem bêbado que se divirta! — Julie gritou.

Levantei as sobrancelhas pra ela e gargalhei.

Quando Tess ligou, eu estava realmente em dúvida sobre vir ou não, a ideia de ir direto pra cama com Matthew era muito tentadora. Mas Julie e Tess não estavam dispostas a perder, convenceram-me e, por fim, eu vim. Elas estavam certas, era ótimo ter um tempo só de meninas. Sempre que não estávamos trabalhando, tínhamos casa para cuidar, homens e eu tinha Thomas. E Tess tinha Melanie.

Minha adolescência fora roubada e eu jamais tivera amigas tão próximas e divertidas em minha vida. Dançar, beber um pouco mais do que o normal e falar besteiras era algo sempre bem-vindo. Isso relaxava-me e mostrava-me quantas coisas boas Matthew trouxera para minha vida. Ele me dera coisas que jamais imaginei que teria. Além dele, sua família era como um chocolate quente em uma manhã fria de inverno.

Olhei para as duas loucas que ainda dançavam à minha frente e gargalhei de felicidade.

— Awn! A Amy está com aquela carinha de sonhadora — Julie falou, estendendo os braços pra mim. Não era incomum eu me perder em sentimentos de gratidão por tudo que tinha agora.

— Amo vocês, tá? — falei com a voz meio arrastada e abraçando Julie. Tess logo se juntou a nós e a música finalmente terminou, sendo substituída por "Do I Wanna Know?", do Arctic Monkeys.

— Nós também te amamos, agora vamos beber o resto dessa tequila e dançar mais um pouco, porque eu aposto que os ciumentos vão aparecer logo. — Tess pegou a garrafa, que já estava na metade, e a balançou.

— Eles não vivem sem a gente. — Julie riu e beijou o próprio ombro fingindo-se de metida.

Tess estava completamente certa, apenas alguns minutos depois de termos acabado com a garrafa de tequila e termos dançado até suar e tudo começar a rodar, os homens chegaram.

Fiquei aliviada por Thomas estar com Laila, em hipótese nenhuma ele poderia me ver "trançando" as pernas.

Matthew chegou animado, assim como Max e Benjamin. Fizeram piadinhas sobre nossa bagunça e nosso estado alcoólico, além de fazerem questão de dançar Justin Timberlake conosco. Vou confessar, ver Matthew e toda sua gostosura dançando ao som daquela voz maravilhosa me fez ficar quente.

Ele logo percebeu e, a partir do momento em que seus braços envolveram minha cintura e a apertaram, eu soube que a parte final da noite estava para começar.

# Capítulo 9

## Matthew

— Feliz aniversário, meu anjo — sussurrei para Amy que estava quase dormindo. O relógio marcava onze e cinquenta e nove.

— Obrigada, amor — ela resmungou e pouco depois sua respiração ficou mais fraca e suas expressões, relaxadas.

Acariciei seus cabelos e beijei sua testa, ela me apertou mais em seus braços e pressionou seu corpo nu no meu, envolvida em seu sono. Sorri.

Depois de buscá-la na festa, só pude pensar em me deliciar naquele corpo que eu tanto amava. Amy, sempre que bebia, ficava ainda mais solta e praticamente me atacava na cama. Não era igual a muita gente que, quando bebe, fica insuportável. Pelo contrário, Amy ficava ainda mais divertida e provocativa. Ok, confesso. Amo isso nela. Mas como não amar cada pedacinho dessa mulher?

Apertei seu corpo contra o meu e passei meus dedos suavemente por sua pele perfeita.

Amy fez de mim um completo apaixonado. Há quase seis anos, quando entrou em meu consultório pela primeira vez, logo me chamou a atenção. Não só por sua beleza natural e corpo com curvas de babar. Mas também pela maneira como estava preocupada com o filho, como visivelmente o amava. E ainda pelo olhar sofrido. Ela era infeliz e não era difícil perceber.

Não sei até hoje o porquê de ver aquele seu olhar triste me incomodou tanto. Mas eu não suportava vê-la daquela forma, me senti atraído instantaneamente e lembro-me de que ela também ficou balançada. A partir daquele dia eu quis saber mais sobre ela, porém, em cidades pequenas, há coisas que é melhor não perguntar. Fofocas se espalham muito rápido e eu não queria criar problemas para ela.

Na primeira vez em que conversamos sobre assuntos mais pessoais, no parque, enquanto Melanie e Thomas brincavam, eu tive a confirmação de que ela era infeliz e que era algo realmente ruim, já que ela não quis me envolver. Um sentimento de angústia me tomou naquela época, eu não podia ajudá-la. Ela não queria minha presença em seus problemas e respeitei isso.

Cheguei a vê-la algumas vezes andando com Thomas pela rua, comprando mantimentos ou até mesmo passando de carro. Jamais me aproximei, achei justo respeitar seu espaço. Eu era um completo estranho pra ela.

O pior é que a sensação de ter de protegê-la não saía de mim, não importava quanto tempo eu ficasse sem vê-la. *Flashes* de seu rosto bonito já eram rotina em minha mente. Eu a queria. Queria saber o que tanto lhe fazia mal, como eu podia ajudar e, na hipótese mais ousada, se ela seria minha. Não era justo pensar nela dessa forma, Amy era casada e tinha um filho lindo para criar. Jamais me dera uma grande liberdade, mas eu percebia o quanto ela ficava balançada quando estávamos juntos.

No dia em que Amy foi internada no hospital, como, além de pediatra, eu era clínico geral, estava de plantão e não sabia que seria ela a paciente até entrar no quarto. Eu me desesperei ao ver seu rosto completamente machucado e o corpo coberto de hematomas.

Uma das mãos estava em uma tala e Amy tinha um olhar assustado no rosto, como uma criança completamente indefesa.

Tive raiva naquele momento, queria pegá-la em meus braços e exigir que ela me contasse quem havia feito aquilo, para que eu pudesse matá-lo. Mas eu não podia, não podia exigir aquilo dela e nem conseguiria. Seu olhar triste me fez agir mais calmamente do que eu queria, dei espaço a ela. Perguntei se ela queria ou não me contar o que realmente acontecia em sua vida.

A partir do momento em que Amy foi falando e tudo foi se encaixando, sabia o que fazer. Eu tinha de cuidar dela, tudo dentro de mim gritava para que a protegesse, para que pedisse a ela que me deixasse amá-la. Isso me era estranho, mas na hora optei por ignorar totalmente a sensação.

Eu tinha apenas vinte e seis anos quando me mudei para Brewster e já havia sido noivo, porém nunca tinha chegado a sentir algo realmente forte por uma mulher. Meus relacionamentos nunca duraram muito. Olhar para Amy e a desejar em minha vida era uma completa novidade para mim.

Aquele dia, apesar de eu ter ficado apavorado por causa de seu estado, é uma das melhores lembranças que tenho. Naquele mesmo dia ela cedeu a mim e me deu uma chance de fazer parte de sua vida. Foi ali que tudo mudou.

Eu a olhava agora, anos depois, descansando totalmente relaxada em meus braços depois de termos feito amor. Chegava a ser surreal o quanto eu a amava. O quanto faria tudo por ela.

Seus cabelos loiro-escuros me lembravam de Thomas. Apesar de Amy ter mudado para ruivo algum tempo depois da morte de Mark, acabou desistindo e voltando à sua cor natural. O tom ficou parecido com o de Thomas, e os olhos verdes os deixavam ainda mais semelhantes.

Thomas era uma criança especial; soube disso a partir do momento em que ele fez a mãe rir mesmo quando ela estava chorando de preocupação por causa dele. Ele a amava e era o único a lhe dar carinho. Minha admiração por Amy só cresceu ainda mais por causa de Thomas, era uma criança educada, elétrica e carinhosa. E logo gostei dele. Tê-lo como filho era algo indescritível e me enchia de vontade de ter uma nova criança em casa.

— Amor? — Ouvi a voz doce de Amy, seus dedos faziam círculos em meu peito.

Estava tão perdido em pensamentos que não a vi acordar.

— Oi. Te acordei? — perguntei baixinho, apertando-a contra mim.

— Não. Você estava tão quieto, está tudo bem? — perguntou, ajeitando-se na cama e ficando com as bochechas apoiadas nos cotovelos.

— Estava apenas pensando, anjo, você deveria descansar.

— Estou bem. Em que você tanto pensa?

Olhei-a e, graças à luz fraca que vinha do abajur do meu lado da cama, pude vê-la mordendo a parte de dentro de suas bochechas. Admirei suas feições bonitas e acariciei seus cabelos.

— Em tudo. Em como você e Thomas entraram em minha vida... Como amo vocês dois e... como eu gostaria de ser pai novamente.

Seus olhos verdes se arregalaram e pude ver que ela prendeu a respiração por um momento.

— Eu sempre quis ter outro filho... Mas achei que nós precisávamos de um tempo sem mais essa responsabilidade. Quero dizer, nós dois trabalhamos muito e já temos Thomas... Pensei que você não fosse querer. — Ela se aproximou mais de mim e apoiou seu queixo em meu peito, piscando seus longos cílios.

— Eu quero tudo com você, Amy, é a mulher da minha vida. Claro que quero um bebê. Nós podemos dar um jeito.

Ela riu e deitou em meu peito. Deslizei minhas mãos por suas costas e sorri quando sua pele se arrepiou.

— Bem, então acho que temos que começar a encomendar um bebezinho, não é? Uma menininha para acompanhar o Thomas...

— Uma linda garotinha com olhos verdes, cabelos loiros e tão generosa quanto a mãe. Uma cópia sua.

Amy deslizou seu corpo sobre o meu e sua boca ficou a centímetros da minha.

— Eu prefiro que seja parecida com você. Tanto se for menina, quanto menino.

— Vou amar tudo que vier de você — sussurrei.

— Amo você — ela disse.

— E eu a você, meu anjo.

Acabei com a pouca distância que tínhamos e colei sua boca na minha, gemendo com satisfação ao pensar no quanto aquela mulher era perfeita pra mim.

# Capítulo 10

## Amy

O som repetitivo e ao mesmo tempo conhecido soava por todo o quarto. Matthew estava desmaiado ao meu lado e eu ria enquanto o balançava. Que preguiçoso!

— Matthew, cadê o telefone? — resmunguei. Ele nem ao menos se mexeu.

Obriguei-me a levantar e a remexer nas coisas do criado-mudo. Finalmente achei o seu telefone e em um segundo a voz desesperada de Tess soava do outro lado.

— *Amy? Ai, Jesus, Amy! Graças a Deus vocês atenderam. Matthew está acordado?*

Levantei-me da cama para não incomodá-lo e peguei meu robe no chão.

— Não, Tess. O que aconteceu?

— *Laila está no hospital... De novo aquelas dores. Que mulher teimosa! Eu já disse pra ela fazer os exames e saber o que está acontecendo...*

— Ela ainda não fez? Que droga! Vocês estão acompanhando-a?

— *Sim, estou na cafeteria do hospital, se não obrigar o Max a comer alguma coisa é capaz de desmaiar do lado da mãe* — bufou.

— *Que sogra mais teimosa que arrumamos, Amy! Ela se recusa a fazer trilhões de coisas e Max não sabe mais como convencê-la. Agora ela está bem, a dor passou e os médicos dizem que não é nada sério.*

— *Okay*, Tess... Vou acordar o Matt, estaremos aí já, já.

— *Tudo bem, amiga, o pior já passou. Mas ela precisa se cuidar. Matt vai saber convencê-la.*

Abri as cortinas já apressada e me aproximei de Matthew.

— Obrigada por avisar, beijo.

Ela desligou e eu suspirei.

A mãe de Matthew sempre foi um completo amor, recebeu a mim e ao Thomas maravilhosamente bem. Nesses anos em que Matt e eu estávamos juntos, notei o quanto ele e a mãe eram apegados. Qualquer coisa que acontecesse com ela, por mais bobo que fosse, era capaz de tirar o sono dele. Por isso não comentava minhas desconfianças.

Naquele último ano ela vinha tendo problemas de saúde e os médicos sempre diziam que não era nada grave. Porém, Laila nunca deixava os médicos falarem por muito tempo e seus exames nunca chegavam às mãos de Matt. Minha sogra era uma mulher astuta, porém não dava para deixar de perceber que ela andava escondendo alguma coisa de nós.

Os dias se passavam e eu apenas observava Matthew afundar em um estado de tristeza e preocupação.

Laila não estava facilitando a situação, ela realmente se recusava a falar sobre sua saúde. Sempre desconversava e dizia que estava tudo bem, apenas estava envelhecendo. As dores, segundo ela, quase nunca apareciam e não havia com o que se preocupar.

Matt não era bobo e muito menos um mau médico. Sabia que tinha algo de errado e não estava conseguindo fazer nada para ajudar a própria mãe.

Seu desespero cresceu quando, em uma manhã, eu acordei estranha. Meu estômago parecia em batalha com qualquer substância que eu tentasse introduzir nele. Minha cabeça estava me matando e meus olhos mal ficavam abertos. Estava claro que eu havia pegado a virose que Thomas tivera há alguns dias. Mesmo assim, Matthew me aconselhou a ir ao médico. Ele viajaria dali a algumas horas e eu estava vendo a hora de ele desmarcar a cirurgia para ficar em casa cuidando de mim.

— Eu prometo que vou... Só vou tomar banho primeiro. — Ele ajeitou sua camisa social e olhou-me com o cenho franzido.

— Não gosto da ideia de te deixar aqui sozinha e doente, Amy. Eu posso ficar — disse sério.

— Não, você não pode. Sabe disso! Tenho certeza de que o médico dirá que não é nada. Agora vai, não quer perder o avião, quer? — resmunguei enquanto me esforçava para levantar da cama e ir abraçá-lo.

— Amy... — sussurrou ele, segurando-me pela cintura com uma das mãos e acariciando minhas costas com a outra.

— Shh, está tudo bem. Eu te ligo assim que sair do hospital. — Matt assentiu e beijou-me avidamente.

— Vou esperar, anjo.

Beijei-o mais uma vez e o soltei. Com preocupação evidente no rosto, ele saiu do quarto com sua pequena mala.

O HOSPITAL ESTAVA CHEIO E, ENQUANTO ESPERAVA MINHA VEZ, resolvi levar Thomas até a lanchonete.

— Mãe? — escutei a voz do meu filho chamando-me da mesinha em que estava sentado.

Peguei o pedaço de torta de limão que ele pedira e levei para ele.

— Sim? — perguntei distraída.

— O que a vovó está fazendo no hospital? — perguntou confuso.

Minhas sobrancelhas se arquearam ao ver Laila saindo de um quarto e conversando com uma médica de meia-idade. O que ela estava fazendo ali?

— Eu não sei... Fique aqui, Thomas.

Deixei-o comendo a torta e fui até Laila, que empalideceu quando me viu.

— Amy! O que aconteceu? — Minha sogra perguntou. A médica que estava com ela pediu licença e desapareceu pelo corredor.

— Nada de mais... Acordei indisposta e Matt insistiu para que eu viesse confirmar se estava tudo certo.

— Ah, poderia ter ligado, não precisava ficar sozinha...

— Por que está aqui? E não minta — interrompi, botando as mãos na cintura. Não é de hoje que Laila sabia que eu andava desconfiada, nunca fiz questão de esconder dela, apenas de Matt.

Ela me olhou boquiaberta e não me arrependi de ter sido tão direta.

— Tudo bem! Mas você não pode contar ao Matthew... Por favor, só me dê algum tempo — pediu, com os olhos arregalados. Continuei muda. — Há alguns meses comecei a sentir tonturas, achei que não fosse nada de mais e ignorei, mas quanto mais tempo se passava, mais dores apareciam e em lugares diferentes. Comecei a esquecer de tomar os remédios e, até mesmo porque tinha que os tomar, já me perdi por ruas em que ando há mais de dez anos... Estou com Alzheimer, o pior não é só isso. Sou diabética há anos e não dá mais para evitar o destino. As coisas só estão se agravando. A verdade é que para sobreviver terei que batalhar muito.

# Capítulo 11

Meu choque não poderia ser maior.

Eu poderia esperar alguma notícia séria, mas não daquela magnitude. Laila não estava apenas doente, estava morrendo.

Observei seu rosto por alguns minutos em silêncio. Não havia nada que eu pudesse dizer para consolá-la. Tentei segurar as lágrimas, mas não consegui. Logo estava soluçando enquanto a abraçava desesperada.

*Laila não merecia, ela simplesmente não merecia passar por isso!*

— Querida… Não chore — ela sussurrou. — É só a velhice, ela chega para todo mundo, Amy.

— Você vai melhorar, eu vou te ajudar. O Matt também vai, Max, Tess, Julie… Todos nós vamos apoiar você — afastei-me um pouco para me concentrar em seus olhos, que estavam vermelhos e cansados. — Você disse que terá que batalhar, não é? — solucei.

— Amy… — ela começou a menear a cabeça em negação, mas a interrompi.

— Estaremos com você, Laila.

Ela sorriu e me abraçou novamente.

— Amy Bennett! — uma das enfermeiras gritou, eu já deveria estar sendo chamada há um certo tempo.

Respirei fundo algumas vezes e enxuguei o rosto com as palmas das mãos.

— Vamos, querida, vou te acompanhar — Laila disse, sorrindo fracamente.

Ela foi na frente, chamando Thomas. Os dois andavam de mãos dadas e riam de alguma coisa.

Aquilo me cortou o coração. Thomas tinha Laila não só como uma avó, mas também como um anjo da guarda. Eu não queria nem imaginar o quanto os dois homens da minha vida estavam prestes a sofrer.

A enfermeira já estava impaciente, e com uma careta me levou até a sala oito, onde uma mulher ruiva me esperava.

— Olá, Sra. Bennett — ela saudou.

Eu queria corrigi-la, porém não podia. Matt e eu ainda não éramos casados, meus documentos ainda possuíam o sobrenome de meu ex-marido, Mark.

— Apenas Amy, se não se importa — pedi.

Laila e Thomas sentaram-se nas cadeiras que havia dentro do consultório e eu fui em direção à maca.

Foquei o olhar no jaleco que a médica usava e descobri que era uma das colegas de Matthew, Dra. Helena.

— Claro, Amy. Bem, em que posso ajudá-la? — Ela sorriu.

Rapidamente, desatei a lhe contar sobre os sintomas que Thomas teve alguns dias antes e como eram parecidos com os meus. Para mim parecia bem óbvio que era apenas uma virose. Porém, a doutora não parecia satisfeita e, depois de uma série de perguntas sobre a minha saúde e hábitos, pediu alguns exames de sangue.

Eu os faria ali mesmo, e dentro de algumas horas teríamos os resultados.

# Epílogo

Clara corria livremente pelo gramado, sorrindo como se a vida lhe fosse novidade. Minha menina era um espírito jovem, pronto para se divertir e descobrir as peculiaridades desta realidade. Ela era amada por muitos que a cercavam e principalmente pela avó Laila.

Laila segurava a pequena mãozinha de Clara como se fosse seu bote salva-vidas. Ela sorria e cativava não só a criança, que a olhava, mas todos nós. Os olhos claros brilhavam cheios de vida, como há tempos não se mostravam. Laila quase não falava mais e raramente sabia lidar com a realidade do mundo em que vivia.

A doença estava lá, vívida e forte, tomando-lhe o corpo, as lembranças, o mundo em que viveu e tudo que aprendeu.

O choro que antes a acompanhava já se tornara raro. O mais comum eram as risadas e palavras sobre sentimentos, sobre amor.

Thomas e Clara gargalhavam enquanto pegavam flores e davam para a avó. Laila sentia o quanto era amada. Porém, não conseguia mais se expressar direito.

Alzheimer, a doença. O monstro de que tanto falamos, e devido ao qual choramos, também estava presente e acompanharia Laila até o fim. Mas ele jamais tiraria dela o dom de sentir cada emoção, cada gargalhada de seus netos, cada momento bom.

O Alzheimer tirou muito, mudou tudo. Fez cada segundo ser único e cada lembrança ir e voltar. Mas Laila viveu intensamente cada segundo, sentiu cada sorriso como se fosse único e cada dor igualmente.

A última vez em que eu a questionara sobre o que ela sentia, a palavra usada fora *felicidade*. Felicidade por poder sentir.

Determinação para continuar a viver.

Força para se adaptar.

Minha sogra nunca mais seria a mesma, assim como o resto de nós. Porém, a cada vez que as sensações boas se mostravam presentes, nós não lamentávamos pela fatídica doença e o que ela tirou, mas sim aproveitávamos o que sempre teríamos.

Caminhei em direção aos meus filhos e Matthew me acompanhou.

— Laila, você quer uma maçã? — Minha voz estava suave e pausada para que ela pudesse entender melhor a minha frase.

Ela me olhou. Olhou-me como já há muito não fazia.

Eu lhe estendi a fruta e esperei sua reação. Laila sorriu e tocou meus dedos, sentindo a minha pele. Apertou minha mão e mexeu os lábios.

— Amor — ela disse baixinho.

Eu logo entendi, era o que ela sentia. Era do que ela se lembrava. A única palavra que o Alzheimer lhe permitiu lembrar.

— Isso mesmo, nós amamos você, mamãe — Matthew disse, e eu sorri.

Sorri, pois sabia que aquilo dentro do meu peito e na expressão do meu marido era mais que amor.

*Devoção* seria a palavra certa. Para cada um de nós.

Para cada um que aprendeu a lidar com a brincalhona vida.

Nunca é fraco aquele que acredita em milagres, não falo dos grandes, mas sim daqueles que consideramos pequenos, os de cada dia.

A felicidade é para aqueles que a querem, os que têm força de vontade suficiente para conseguir. Os que seguem o coração e sabem a hora de quebrar os próprios paradigmas. Aqueles que fazem acontecer.

E nós fizemos.

# Agradecimentos

*Se tem uma coisa que eu tenho que fazer é agradecer, não só a uma pessoa, mas a várias. Não só em relação a este livro, mas a toda a minha jornada.*

*Antes de tudo, eu agradeço à minha avó, Jane. Sem você eu teria demorado muito mais para descobrir o sonho da minha vida, e mais ainda para acreditar que podia consegui-lo.*

*Agradeço ao meu tio, Francisco, por toda a confiança e dedicação que sempre teve em relação a mim. Saber que alguém olha pra você e vê potencial é maravilhoso.*

*À minha mãe, Teresa. Você me impulsionou de sua própria maneira, eu não seria tão forte e teimosa quanto sou hoje se não fosse você. Você me mostrou várias e várias vezes o que é não desistir de ir em frente e eu sou muito grata.*

*Minha tia, Janaina, que, mesmo morando longe, tendo vários empregos e mais três crianças para cuidar, arrumava tempo para ler os meus capítulos on-line, pedir mais e me apoiar! Obrigada, minha linda!*

*Alana Mesquita, você foi a primeira pessoa a me estender a mão no mundo on-line, me ensinou tudo que sabia e não deixou de torcer por mim em todos esses anos. Não tenho nem como agradecer como você merece.*

*Karen Ayeska, Izabelle Martins, Letícia Mendes, Karine Troncoso, as quatro leitoras mais amorosas, dedicadas e surtadas que eu já tive. Quantas vezes a boa energia de vocês me deu força? Obrigada!*

*Michel Souza e Karina Correia, os responsáveis por me enturmarem no mundo dos eventos literários, por me darem ótimos amigos e por me fazerem rir quando eu queria chorar. Sou muito grata.*

*Sergio Augusto e Hugo Dopheide, se eu pudesse botar um palavrão aqui para dizer o quanto vocês são f***... Ops! Com certeza, o faria mil vezes. Obrigada pelo apoio, por tudo!*

*À Christina Dopheide, por ser uma fã inesperada e dedicada. Sim, finalmente você poderá ler tudinho!*

*Bruna Machado, Vivian Carolina e Vinícius Morabito, a emoção e alegria de vocês é algo que nunca vou esquecer.*

*À Rosa Lia Franco, por todo o apoio. Foi um prazer confiar meu trabalho a você!*

*Beatriz Gama, eu me lembro de quando escrevia coisas terríveis no meu caderno em plena sala de aula no ensino fundamental, e você, ali, já me escutava. Já torcia por mim. Te amo.*

*Yasmin Fernandes e Erika Anderson, vocês merecem um "obrigada" só por terem me aguentado falando de fanfics quase todos os dias no ensino fundamental.*

*Fernanda Karen, Giulia Lacerda e Nathalia Innocencio, meu sincero "obrigada" pelo apoio de vocês!*

*Às minhas piriguetes literárias, obrigada pela paciência e entusiasmo!*

*Ao Elias Gervanno, pelas palavras de entusiasmo e dedicação ao não só olhar o meu livro, mas também senti-lo.*

*A você que acabou de ler este livro, saiba que contribuiu para o meu sonho e lhe serei eternamente grata por isso. Obrigada, obrigada!*

*A todos os que leram minhas histórias no Nyah, Wattpad e outros sites. Vocês são demais!*

*E por último, mas não menos importante, agradeço a Deus e às energias boas. Obrigada por sempre me ouvirem.*

*Até a próxima, Alexia Road*